平凡社新書
999

「おくのほそ道」をたどる旅

路線バスと徒歩で行く1612キロ

下川裕治
SHIMOKAWA YŪJI

HEIBONSHA

「おくのほそ道」をたどる旅●目次

第四章 金沢を出発し、終着の大垣をめざす……187

芭蕉はなぜ、病を押してまで金沢へ急いだか
曾良の几帳面さに支えられた旅だった
金沢から那谷寺、そして山中温泉で曾良と一旦別れる
「芭蕉」でにぎわう山中温泉のいま
「越前海岸かにかにツアーバス」に乗ったはいいが
敦賀という街の違和感とは
「おくのほそ道」は奥深い細道だった

「おくのほそ道」行程図
象潟
平泉
酒田
尾花沢
一関
出羽三山
松島
立石寺
佐渡
新潟
仙台
福島
二本松
親不知
子不知
出雲崎
能登半島
須賀川
白河の関
金沢
市振
遊行柳
小松
那古
那須湯本
山中
日光
那谷寺
色の浜
室の八島
敦賀
大垣
千住
琵琶湖
採茶庵

はじめに

「おくのほそ道」は、一六八九年に芭蕉と曾良《そら》が東北から北陸を歩いた旅をベースにしている。三百年以上も前の話である。

そのルートをたどってみようという旅を考えたとき、「おくのほそ道」の残影など、まったく残っていないと思っていた。

ふたりが歩いた道は国道になり、大型トラックが我が物顔で走り抜けているはずだった。彼らが泊まった宿は消え、街にはビルが建ち、風景にも当時の痕跡などないと思っていた。しかし幸いなことに、「おくのほそ道」は多くの人に読まれ、曾良が克明に書き記した旅の日記もみつかり、研究者たちの解読も進んでいった。そのお陰で、芭蕉と曾良がどこに立ち、どの道を歩いたのかが、かなり正確に追うことができるようになった。

その場所に僕も立った。

その道を歩いてみた。

それは不思議な感覚だった。芭蕉が僕に憑依《ひょうい》したわけではない。ありふれた風景が広がっているだけだ。しかし、心の棘が消え、穏やかな心境に導かれるような感覚に包まれた。

はじめてそれを意識したのは遊行柳《ゆぎょうやなぎ》だった。水田が広がるなかに、ただ柳の木があるだけである。その柳も、芭蕉らが見たものとは違うはずだ。それなのに、なにかが漂っているのだ。芭蕉の気なのだろうか。「おくのほそ道」の行間を支配する空気だろうか。

平泉の高館《たかだち》、立石寺《りっしゃくじ》、象潟《きさかた》、出雲崎……。時代や季節、社会や文化も大きく変わったというのに、なにかがそのポイントを支配しているような感覚に包まれるのだ。それは旧街道を歩いて入るときも、僕の体を包んだ。

今回の旅で、僕は旧街道というものを会得できるようになった。地図をなぞり、旧街道を把握できるようになったという意味ではない。その道に立ったとき、それが旧街道かどうかを識別する勘といったらいいだろうか。道の幅や曲がり具合からぴんとくるのだ。それも気の世界なのかもしれなかった。

それを察知したとき、僕は芭蕉と一緒に旅をしていた。同行二人……。そういうことなのかもしれない。

芭蕉と曾良の旅は残されていた。

彼らの旅をたどり終えたいま、そう思う。

僕らが「おくのほそ道」をたどって旅した距離は、千六百十二キロメートルになった。芭蕉が「おくのほそ道」で歩いた距離は諸説ある。当時、仙台から先は旅する人も少なく、道や距離がはっきりしなかったからだ。千五百キロメートル台から千八百キロメートル台が妥当のようにも思えるが、二千四百キロメートルと主張する人も少なくない。

僕は、芭蕉の時代にはなかったグーグルマップを使って移動した距離を測った。ひとつの地点を入れ、目的地を入力し、移動手段を徒歩、列車などから選ぶと、移動ルートが表示され、その距離がほぼ正確に示される。そのルートを確認して距離を割り出していった。街のなかでの移動は含めていない。その合計が千六百十二キロメートルになった。僕らは月山には登っていない。列車のルートや現代の道は、芭蕉の時代より直線化しているはずだから、芭蕉が歩いた距離よりも短くなる。芭蕉が歩いた距離は千八百キロメートルぐらいになるだろうか。

千六百十二キロメートル——。改めて、この距離を目にすると溜め息がでる。なかなか大変だった。そのあたりは本書に書き込んだつもりだ。

旅は、阿部稔哉カメラマンとのふたりだった。新型コロナウイルスの感染が収まっていた時期に歩くことができた。雪には苦労したが。

出版にあたり、平凡社新書編集部の和田康成氏のお世話になった。

二〇二二年二月

下川裕治

室の八島と呼ばれる大神神社。

第一章 深川を出発して 旧街道を行く

国道４号を渡ると、側道のように続く旧街道がある。

旅立ちの地に立つ

暑い朝だった。隅田川の東側にある清澄白河駅で地下鉄大江戸線を降りた。地上に出ると、すでに三十度に達していそうな空気に包まれた。そのなかを南に向かって歩きはじめる。道沿いにあったコンビニに入り、冷たい水を買って一気に飲んだ。目の前に、東京の下町らしい幅の広い道路があった。トラックが勢いよく走り抜ける。震災、空襲……に見舞われるたびに下町は焼け野原になり、その都度、都市計画の線が引かれ、下町という言葉が発するイメージとはずいぶん違う街並みになってしまった。

もっとも僕は、この一帯が下町を謳歌していた時代を知らない。ましてや、これからその世界にわけ入ることになる江戸時代の元禄期など、資料に想像力を重ねても、その光景は朧《おぼろ》げである。

しばらく進むと、右手にこんもりとした林が見えてきた。清澄庭園のある清澄公園だろう。採荼庵《さいとあん》跡はそう遠くないはずだ。眼前に橋が見えてきた。橋の欄干には海辺橋と書かれていた。ということは、下を流れているのは仙台堀川になる。採茶庵跡の建物は仙台堀川の脇にあるはずだった。

一六八九（元禄二）年、松尾芭蕉はこの採茶庵を出、脇を流れる川に浮かぶ船に乗り、千住に向かったといわれている。「おくのほそ道」の旅立ちである。しかし三百年以上前の話だ。いまのような川の規模だったのかもわからない。採茶庵跡の前にあった案内板には、実際の採茶庵は、ここより少し南にあったと記されていた。

江東区は、たまたまここに土地をみつけたのだろうか。観光用に採茶庵もどきの建物をつくり、縁台に座る芭蕉の像を置いた。観光客はその横に座ると、採茶庵をバックに芭蕉とのツーショットが撮れるという設定だろう。僕も、さも芭蕉の友人のような顔をして縁台に座った。芭蕉が生きていたら、ずいぶんややこしい男が横に座ったと思ったのかもしれないが。

僕は、なにげなく採茶庵の裏側にまわり、現代のせち辛さのようなものを味わうことになる。採茶庵の外観は記念撮影用の安普請《やすぶしん》だったが、一応、一軒の家に映った。しかし、裏から見たそれは、舞台のセットのようなつくりだった。つまり、前の板壁があるだけだった。裏側には板を支える添え木があてられていた。家ではなかったのだ。区の予算は苦しいのかもしれないが、せめて一軒の小屋ぐらいはつくってほしかった。

僕はそこから芭蕉庵史跡展望庭園に向かった。隅田川に面した眺めのいい高台に芭蕉の座像があった。この座像は、午後五時になると、隅田川に対して左向きに少し回転する仕組みになっていた。なぜそうしたのかは知らないが、夕陽の位置を考えたのかもしれない……と座像を眺めながら考えていた。

しかし石段をくだり、庭園の出口にあった閉園時刻を目にして悩んでしまった。午後四時半には閉まってしまうのだ。芭蕉の座像は誰に見られることもなく、ひとりで回転し、また元の場所に戻ってくる。それを毎日、毎日、繰り返している。「おくのほそ道」を読めばわかるが、芭蕉はかなりストイックな俳人である。だからといって、誰の目にも触れずに毎日、少しだけ回転して、正面の夕陽を眺めて元に戻ることを続けていていいのか……とも思うのだ。

舞台セットのような採茶庵といい、展望庭園の芭蕉像といい、なにかこうおざなり感が漂ってきてしまう。

しかしそれは現代の話であって、芭蕉には縁のない話だ。

芭蕉の生涯を振り返る

芭蕉が歩いた「おくのほそ道」をたどってみる――。それは二十歳台の頃から気になっていた旅だった。こういうと、宣伝文句調に、「企画を温めて四十年」などというコピーが生まれてきそうだが、そんなことはなにもなかった。ただ気になっていたのだ。なにが引っかかっていたのかといえば、

――月日《つきひ》は百代《はくたい》の過客《くわかく》にして、行《ゆき》かふ年も又旅人《たびびとなり》也。

という書きだしである。かっこいいのだ。名文である。言葉の調子もいい。「おくのほそ道」は厚い本ではない。それでも芭蕉は推敲を重ね、何年もかけて世に出している。そのなかで、「おくのほそ道」は紀行から文学作品にその色あいを変えていった気もする。

旅を続け、それをもとに本を書くことを生業《なりわい》にしている僕にしたら、「おくのほ

そ道」は大いに気になるが、その文章はときに気恥ずかしい。かっこよすぎるのだ。読み進めていくと、旅の日々が行間を埋めはじめ、少しほッとする。しかし書きだしは高尚な響きすらする。

旅の文章を何回も書いてきた身にすれば、旅への思いは雑駁《ざっぱく》なものだ。いまの暮らしからの逃避ということもある。女性に振られると東南アジアへの旅に出、離婚するとインドをめざすという話もあった。とても、「行かふ年も又旅人也」とはいえないのだ。

「おくのほそ道」を読み進めていくと、ふと思うことがある。芭蕉はそれほど旅が好きではなかったのではないか……と。

芭蕉が旅がちな人生を歩むようになったのは、「野ざらし紀行」の旅に出た頃からだ。四十一歳だった。巻頭にはこんな句が載っている。

野ざらしを心に風のしむ身哉《みかな》

野ざらしというのは、行き倒れて野に晒され白骨になっていくことだ。そんな覚悟に吹く風がしみるという句だ。作品としては理解できるが、旅としてはいささかオーバーに映る。芭蕉がこの旅に出たのは貞享元年というから、一六八四年である。当時といまでは、旅の危険度はずいぶん違うのかもしれないが、芭蕉は人里を離れた山岳地帯に分け入ったわけではない。盗賊が跋扈《ばっこ》する未開の土地を歩いたわけでもない。人が住むエリアの旅である。

当時の本というものには、ややというか、かなりオーバーな表現が多かったという事情はあるとは思う。しかし江戸を発ち、伊勢から吉野、大垣、そして京都に出る八カ月ほどの旅に「野ざらし」というタイトルをつけるのは……と思ってしまうのだ。

芭蕉は、「野ざらし紀行」を皮切りに、旅に染まった生活に入っていく。その旅は、「笈《おい》の小文《こぶみ》」、「更科《さらしな》紀行」といった本にまとめられ、そして僕がそのルートを進もうとしている「おくのほそ道」につながっていく。その後も彼は旅を続け、最後は大坂で死ぬのだが、それも旅の途中だった。五十一歳だった。

四十一歳からの十年間は、まさに旅に染まった人生である。それでも、彼は旅人だったかというと……疑問符がついてしまう。

僕は十年ほど前から句会に参加している。ときどき寺や公園などを歩き、そこで句をつくる。吟行《ぎんこう》という。芭蕉の著作を読んでいると、彼の旅とはこの吟行である。僕らの吟行は一時間ほどで終わるが、芭蕉のそれは、「おくのほそ道」では百四十日を超える旅になる。ひたすら句をつくり続けているわけだから、長い吟行と考えられなくもない。芭蕉は句をつくるために旅をしたのだ。

芭蕉の旅と考えたとき、どこかしっくりこないのはその部分だった。

諸説あるようだが、芭蕉は二十九歳で江戸に出ている。それまで芭蕉は伊賀上野で藤堂新七郎家に仕えている。この家は俳諧に親しんでいて、俳諧を学んでいた芭蕉とは縁があったのかもしれない。しかし主君が死亡してしまう。芭蕉は藤堂家を離れ、兄の家の居候になっていた。三十歳を目前にし、俳句で身を立てるという志をもって江戸に出たようだ。

当時の日本には、いくつかの俳句の宗派があった。そのひとつが談林派だった。

俳句は和歌や言葉遊びからスタートしているが、和歌の伝統をどれだけ重視するかという違いがあった。談林派は伝統から比較的自由で笑いの要素を含んでいた。芭蕉はその世界に入り、少しずつ名をあげていくことになる。

しかしそれで生活ができるわけではない。芭蕉は水道工事の仕事に携わっていたようだ。江戸は人口が増え、上水道の整備を急いでいた。芭蕉は水道を掘る労働者というわけではなかった。働き手を手配し、工事を進める立場である。

芭蕉というと、難しい顔をした俳聖というストイックなイメージに包まれている。「おくのほそ道」を読んでも、名物料理の味わいや楽しげな酒の席の描写も出てこない。しかし芭蕉とて普通の男だから女性に惹かれることもある。実際、門人の風律は、「寿貞は翁の若き時の妾にて、とくに尼になりしなり」という一文を残している。翁とは芭蕉のことだ。寿貞という女性には次郎兵衛という子供もいた。寿貞はいま風にいえばシングルマザーということか。こういう話になると、僕のような俗人は一気に色めきたってしまう。「芭蕉に隠し子がいた」とスポーツ新聞の見出しのように身を乗りだすのだが、当時はさして珍しいことではなかったのか、弟子たちが隠し続けたのか。芭蕉のイメージは、彼の死後、弟子たちが「おくのほそ道」とともに築いていった。そのイメージづくりのなかで、上水道工事の仕事や女性問題は消えていった気もする。

それは芭蕉がめざした世界でもあった。芭蕉は談林派のなかでしだいに頭角を現し、門人という弟子も少しずつ増えていった。多くの弟子を抱え、指導していく師匠を、俳句の世界では宗匠《そうしょう》という。芭蕉はその道を進んでいた。

宗匠は俳句の師だが、同時に社交界の切り盛り役でもあった。句会は、商売で成功した旦那衆の遊びの場である。彼らの相手をしてくれるのが宗匠だった。当時の俳句は、いまのつくり方とはだいぶ違う。和歌の影響を受けていた。和歌をベースにした言葉遊びといった感がある。宗匠とはその先生だった。

しかし、芭蕉が属した談林派に陰りが見えはじめていた。談林派は和歌の世界に新奇さを加えて人気を得ていたが、それはしょせん、古典や故事のもじりにすぎなかったからだ。

たとえばその頃の芭蕉の句にこんなものがある。

あら何共《なんとも》なやきのふは過《すぎ》て河豚《フクト》汁

『芭蕉はいつから芭蕉になったか』（佐藤勝明、NHKカルチャーラジオ　詩歌を楽しむ）では、こう解説されている。

――謡曲「蘆刈《あしかり》」の「あら何ともなや候。……昨日と過ぎ今日と暮れ……」を使いながら、これとは無関係の、河豚汁を食べた翌朝の感慨を表したもの。謡曲での「何ともなや」は「つまらない」の意であったのを、毒に当たらないかとびくびくして食べたが、何でもなくてよかった、と転じたわけです。「河豚汁」は河豚の身を入れた味噌汁。カタカナのふりがなは原本にある通りです。

つまりよく知られた謡曲があり、それをもじってフグの味噌汁で笑うわけだ。仮に謡曲に詳しくても……と僕は首を傾げてしまう。ぴんとこない言葉遊びである。談林派とは、こういった作風の俳句だった。芭蕉はそういう世界の指導者だった。金もちたちの顔色を窺い、歯が浮くような言葉を口にすれば、唇は寒くても生活はできた。金もちが集まる場は華やかだったはずだ。

しかし談林派は、袋小路に入ってしまっていることを、多くの人は感じとっていた。新奇さといっても、それはしょせん、古典や故事のもじりにすぎない。しだいにネタ不足に陥っていったという。

芭蕉はそれまで住んでいた日本橋の家を引き払い、深川に移り住む。当時の深川はかなりの田舎で、水はけの悪い土地だった。そこにあえて移り住む……芭蕉を紹介する本では、この深川移住を退隠ということが多い。なんとなくわかる。俗世間から離れ、ゆっくり暮らすといった意味になるだろうか。リタイアである。しかし芭蕉は三十七歳だった。いまより寿命が短い江戸時代とはいえ、やや早すぎる気がする。芭蕉は新しい俳句の世界をつくろうとしていたといわれる。深川に移り住んでつくったもののなかにこんな句がある。

雪の朝独り干鮭《からさけ》を噛《かみ》得タリ

なんとなくわかる。談林派の宗匠を続けていたら、寒いこんな朝も、心が和む味噌汁と焼き魚の食事がとれただろうに、いまは干したサケをかじる侘しいひとり住まいだ、といった意味だろうか。素直に受け入れれば、貧しい暮らしになってしまった自分にいじけているわけだが、芭蕉の研究者たちは別の見方をする。俳句という十七文字の世界に、芭蕉は人の思いを入れはじめた、と。たしかに談林派の言葉遊びには人間味がない。貧しくなり干したサケ……という世界を句にしたわけだから、そこには人がいる。そして俳句というものが単なる言葉遊びから人が綴る文学に変わっていく転機と評価する。

もっとも実際の芭蕉は、それほど貧しくはなかったようだ。句に流れているのは、生活苦ではなく、隠遁した者のある種のダンディズムである。そこが僕が気になるところなのだが、彼の周りには、俳句に人間味を入れようとする芭蕉を支持する門人たちが何人もいたのだ。

そのひとりが杉山杉風《さんぷう》だった。彼は日本橋の魚問屋を営み、芭蕉の後援者になっていく。芭蕉に惚れ込んだ富商だった。深川で芭蕉が暮らした芭蕉庵を提供したのが杉風だった。「おくのほそ道」の旅を前に、芭蕉はこの庵を引き払い、旅費にあてたといわれる。そして出発前に滞在したといわれる採茶庵も杉風の別荘だったようだ。杉風の経済的な支えがあったから、芭蕉は深川で暮らすことができた。

その採茶庵跡が、冒頭で紹介した板壁だけの舞台セットのような建物である。

両国から船に乗って旅をはじめたが……

旅のスタートまで、ずいぶん枚数を費してしまった。

芭蕉を乗せた船は隅田川に出、そこを千住まで遡っている。途中で船を乗り換えたのかもしれない。「おくのほそ道」は徒歩の旅だが、スタートは船旅だったのだ。「おくのほそ道」をたどる旅は、阿部稔哉カメラマンとのふたり旅だった。僕らも芭蕉に倣って船で千住まで向かおうと思った。しかしそれがなかなか難しかった。当時と違い、隅田川を行き来する船は、移動の乗り物ではなくなっている。観光用として運航しているのにすぎない。

運航を担っているのは東京都だった。東京水辺ラインという。わかりづらいホームページを調べても、出てくるのは浅草・お台場クルーズ、両国・葛西クルーズといった運航コースだけだった。困って問い合わせてみると、千住まで行く船は、一日をかけてゆっくりと巡る特別便だけだった。月に一便程度は運航しているという。その周遊コースのなかの浅草から千住までの区間に乗ることになる。しかし当時、すでに新型コロナウイルスが広まっていて、従来のコースも変更になり、日程も流動的だった。

採茶庵からいちばん近い隅田川の船着き場は、両国駅近くにあった。しかしその船着き場もリニューアル工事で長く閉鎖されていた。できるだけ芭蕉が歩いた道筋を進みたい。船着き場が両国リバーセンター発着場という名称でオープンし、そこから千住までの船が出る日を待つことにした。

二〇二〇年八月二十七日。僕は両国から船に乗った。僕らの旅のはじまりだった。こういう書き方をすると、なんだか大げさな旅のスタートのように聞こえるかもしれないが、利用客の少なさや新型コロナウイルスの感染者の増加などが重なり、便数が減っただけのことだった。僕らと同じように、芭蕉も曾良とのふたり旅だが、深川から千住までは様子が違った。弟子たちが集まり、彼らが見送ってくれた。それに比べれば、僕らには「千住まで見送るよ」などという殊勝《しゅしょう》な知人は誰もいなかった。

両国リバーセンター発着場から船に乗った。出航は午後一時五分。浅草までの便だったが、乗客は僕らを含めて五人だけだった。階上のデッキにあがり、周囲を見渡す。芭蕉の時代はビルもなかったわけだから、ずいぶんと空は広かったはずだ。船に動力もないから、のんびりとした船旅に映る。しかしいまの船は、エンジン音を響かせながら、いくつもの橋の下をくぐっていく。蔵前橋、厩橋、駒形橋……。その時間帯の水位にもよるのかもしれないが、船と橋との間隔はあまりない。デッキに立っていると、橋の下はちょっとスリリングだった。

浅草で船を乗り換え、隅田川を北上していく。しだいにビルが消え、しっかりとした夏空から強い日射しが照りつけるようになった。さすがに暑い。クーラーが効いた階下の座席に戻った。ひとりのおじさんが座っていた。テーブルにはウイスキーの壜と氷、イカのおつまみ……。こういうものをしっかり用意して乗り込んできていた。この船はクルーズ船仕立てになっていた。五、六時間のコースである。僕らが降りる千住より、さらに上流まで進む。川沿いの風景を、のんびりウイスキーを飲みながら眺めてすごす……。月に一回ほどの、このクルーズを楽しみにしているのかもしれなかった。

千住発着場で降りた。両国リバーセンターを発ってから、船に乗っていた時間は四十分ほどだった。

芭蕉に同行した曾良は、「おくのほそ道」の旅を克明に記録している。「曾良旅日記」と呼ばれるものだ。この本があったから、芭蕉の「おくのほそ道」のルートや日程がかなり正確に把握できるようになった。本書でもしばしば登場するが、その日記の最初の一行にはこう記されている。

――巳三月廿日、同出、深川出船。巳ノ下尅、千住ニ揚ル。

つまり三月二十日に深川を出て午前十時すぎに千住に着いているという。朝の何時ぐらいに採茶庵あたりを離れたかわからないが、思った以上に速い。手漕ぎの船で、三、四時間で着いてしまったわけだ。

当時の千住には多くの料理屋があったという。東北に向かう商人たちのなかには、ここで別れの大宴会を開いた人もいた。江戸の知人たちの見送りはここまで、というわけだ。そんな人たちは、この千住で一泊し、翌朝から旅がはじまることになる。芭蕉にも多くの見送りがいたと思うが、彼は、宴会を開くでもなく、あっさりと歩きはじめている。そのときに詠んだ句が、

行春《ゆくはる》や鳥啼魚《とりなきうを》の目は泪《なみだ》

である。

春が終わろうとする季節に旅に出る。別れの悲しみに、鳥も啼き、魚も目に泪を浮かべているようだ……そんな内容だろうか。それなら千住で別れを惜しむ宴会に流れるのが筋かと思うのだが、芭蕉と曾良は、「じゃあ」といった感じで弟子たちと別れたようだ。宴会といってもその費用は弟子たちがもつことへの心苦しさというより、芭蕉の意識はもうその先に飛んでいってしまっていた気がする。旅の空へ

の思いではない。知らない土地で、いい句ができあがることへの期待だったようにも思う。

千住発着場は土手沿いの船着き場だった。コンクリートで固められた岸壁に沿って桟橋がつくられていた。土手を越えると、四、五階建ての集合住宅が並ぶ一帯に出た。

グーグルマップで見ると、最寄り駅は京成関屋駅だった。そこから電車で千住大橋駅に出た。

さて、これからどうしようか。芭蕉は日光街道を日光に向けて進んだ。ということは、千住大橋近くから歩きはじめたことになる。

その日、芭蕉は春日部の宿に泊まっている。なにげなく、千住大橋から春日部までの距離を見てみると、二十八・六キロメートル。グーグルマップで検索すると六時間ほどかかる。

午前十時すぎに千住に着いた芭蕉は、宴会もせずに、「じゃあ」といった感じで歩きはじめて二十八・六キロメートル……なのである。

僕は仕事柄、しばしば飛行機に乗る。ターミナルビルを離れた飛行機は、滑走路に向かって進んでいく。コロナ禍前の空港はかなり混みあっていて、ここで渋滞することも多かった。少しずつ進んだ飛行機は滑走路に入る。その先の離陸法が飛行機によって違う。滑走路に入った飛行機はいったん停止し、一気にエンジンを吹かせてスタートするタイプと、滑走路に入っても減速せず、そのままエンジンのパワーをあげて離陸態勢に入っていく飛行機がある。

芭蕉の進み方は後者だった。その日に歩く距離が五キロメートル程度だったら、船からあがってすぐに歩きはじめることにそれほどの違和感はないのだが、二十八・六キロメートルなのである。歩くという行為に対する感覚が違う気がするのだ。

そういうことが気になる芭蕉の研究者もいて、その計算によると、「おくのほそ道」の旅では一日平均で七里強を歩いているという。三十キロメートル弱である。しかしそれはずいぶんゆっくりとした旅だったらしい。当時の成人男性は一日約十里は歩いたという。約四十キロメートルである。一日八時間歩いたとしたら、時速五キロメートルである。それを毎日、何日も……。

芭蕉は「おくのほそ道」の旅に出る前の年、「更科紀行」の旅に出ているが、そのときは一日平均十一里、約四十四キロメートルを歩いている。彼は滑走路で停止しない飛行機のように歩きはじめたが、その日は二十八・六キロメートル歩くだけということがわかっていた気がする。たいした距離ではないのだ。だから、身構えることもなかったのだろう。

しかし僕らにとって二十八・六キロメートルは長い。

この旅に出る前、阿部カメラマンと地図を眺めながら、腕を組んでいた。「おくのほそ道」のルートをたどる選択肢はいくつかあった。

「芭蕉と同じように、すべて歩くっていうのがいちばんすっきりするんだよな」

と僕はひとりごちる。

「でも、かなりの距離なんだ」

「どのくらい？」

阿部カメラマンが訊いてくる。

「資料によってずいぶん違うんだけど、千五百キロとか二千四百キロとか。四百五十里、千七百六十八キロという人もいる」

「……」

僕らのなかでは、全行程を歩くという旅の想定は早々に消えていった。しかしだからといって、電車やバス、場所によってはタクシーなどを使いながら「おくのほそ道」ルートをたどるというのも芭蕉に申し訳ないような気がした。それがいまの旅なのだろうが、「おくのほそ道」からどんどん離れていってしまう。

そもそも歩くルートにしても、芭蕉が歩いた道筋がそのまま残っているところはそう多くなかった。三百三十年も前の旅なのだ。国道になってしまった道は、そのルートに手が加えられ、僕らが歩くといっても、トラックが行き交う道の歩道をとぼとぼ歩くしかない。そこには「おくのほそ道」の世界はない。

旧道が残っているところを歩き、それ以外は、電車やバスを利用する。なんとなく旅の輪郭が固まってきたが、三百三十年前の旧道がすぐにみつかるのか。はたしてその旧道はどのくらいの距離があるのか……。わからないことが多かった。

旅というものは、机上で埋めていってもうまくいかないことは多い。途中でなにが起きるかわからないからだ。日本国内を歩くわけだから、僕がフィールドにしているアジアに比べれば、トリッキーなことはあまり起きないかもしれないが、旅は旅である。

なんとなくざっくりと、一日五キロメートルは歩こうというあたりで落ち着いた。時間でいうと約一時間である。

芭蕉は一日三十キロメートル弱を歩いている。それは当時の男性にしたらむしろゆっくりした歩調である。「おくのほそ道」の旅に出たとき、芭蕉は四十六歳だった。若者のように歩くことは難しいだろう。途中、何回か休んでいるはずだ。一日六、七時間は歩いたのではないか……と単純な割り算をすると、時速五キロメートルということになってくる。それでも、時速四キロメートルという現代日本人の平均的なスピードより速い。時速四キロメートルではなく、時速五キロメートル……。この差をその後、痛感することになるのだが。

僕らは千住大橋駅から帰宅した。滑走路に入った飛行機が速度を落とさずに離陸するようなスタートは切らなかった。午後四時頃になっていたこともあるのだが、朝、それなりの覚悟で歩きはじめたかった。

日を改め、千住大橋から旧日光街道を歩く

出発を前に、うろうろしているうちに一カ月近くがたってしまった。その間、仕事のあい間にやっていたことは、日光までのルートづくりだった。芭蕉は千住から草加を通り、栗橋を経て、今市、そして日光へと進んでいる。四日間の道のりだった。歩いたのは日光街道である。いまの国道四号線だ。千住大橋から日光までは、電車に乗れば二、三時間の距離である。僕らも千住大橋から一日で日光に行くつもりだったが、電車でぽんと着いてしまうと、芭蕉の旅からどんどん離れていってしまう。そもそも電車の線路が、日光街道近くに敷かれているのかを調べなくてはならない。

地図を丹念に調べてみる。日光街道と東武鉄道の線路はかなりずれていた。やはり国道四号線が日光街道に近かった。ということは、国道脇の歩道をとぼとぼと歩くことになる。それもしたくはなかった。芭蕉の旅とはイメージが違う。日光街道

という旧道をいまに残している道……。それを探すのはなかなか大変そうだった。

とりあえず日光街道に近い国道四号線を走るバスに乗り、旧道が残されているところを歩くという折衷案のなかの折衷案といった妥協案を採用し、バス路線を調べることになるのだが、そこで天を仰ぐことになる。

ネットでバス路線を調べることにした。千住大橋と足立区役所を結ぶ都営バスが走っていた。これは国道四号線を走る。「よし、よし」と自分で呟きながらバスルートを追っていく。足立区役所から竹ノ塚駅に向かう都営バスがあった。そこまでは進んだのだが、その先のバスがない。その理由は地図を見るとすぐにわかった。東京都はそこで終わり、その先は埼玉県になるのだ。電車路線は走る県や市にそれほど左右されない。東武鉄道をみても、東京都から埼玉県、栃木県を走って日光に向かうが、それをひとつの路線として調べることができる。しかしバスは違う。県境を越えると、バス会社が変わってしまう。千住大橋から国道四号線を北上する路線でいうと、東京都を離れると東武バスになってしまう。

都営バスは竹ノ塚駅に着くことはわかったが、その先はどうなるのか。地図を見ると竹の塚駅西口とか竹の塚駅東口といったバス停が出てくる。これは都営バスのバス停、それとも東武バス？　調べるより訊いたほうが早いかと、都営バスの千住自動車営業所に電話をかけてみる。親切に教えてくれたが、県境の向こうの話になると、

「東武バスさんに訊いてもらえますか」

ということになってしまう。東武バスの路線になると、終点が北保木間《きたほきま》、谷塚《やつか》など、知らない地名が出てくる。この傾向は東京から離れるほど強くなる。ある程度の方向がわからないと訊くわけにもいかないのだ。こうして、竹の塚駅西口というバス停から草加駅西口に向かう東武バスをみつけだす。

「ふーっ」

と溜め息をつきながら、今度は時刻表を見ることになる。乗り継ぎに一時間、二時間とかかってしまうと、別のルートを考えなくてはならなくなる。

全国のバスを一気に調べあげることができたらどんなに楽なのか……。それらしきサイトもあるのだが、アクセスしてみると不完全で、頼るわけにはいかなかった。

おそらく日本の民間バス会社の数が多すぎるのだろう。それぞれシステムが違うのか、人手が足りないのか、とにかく全国のバス路線をリンクすることは難しいようだった。

芭蕉の歩いたルートにできるだけ寄り添うように進んだ。勢い、バス路線に頼ることが多くなった。バス路線は検索もひと筋縄ではいかない。同時に二、三社の時刻表を見比べることも多かった。その都度、バス停脇の縁石に腰をおろし、スマホを開いて、それぞれのスケジュールやルートを調べていくのは大変だった。事前に調べあげ、バス停に立つこともできたが、なにかのトラブルが起きると、また一からやり直しになる。そして旅には、予定の変更はつきものだった。何回かバスに揺られてわかってきたことは、関係する路線の時刻表をプリントアウトしてもち歩く方法がいちばん効率がよかった。何社ものバス時刻表を出力し、それをゼムクリップでとめ、バッグに入れて出る旅だった。その枚数は軽く二百枚を超えたが、僕らはその紙の束を頼りに旅を続けたのだった。

テレビでは、しばしば路線バスを乗り継いでいく番組が放映される。タレントがバス停に書かれた時刻表を囲み、「一時間も待たなくちゃいけない」などと言葉を交す。そんなとき、どうしてネットで検索しないのか……と思っていた。しかし僕自身でバスルートをつくろうとしたとき、ネットの限界を感じとってしまった。家から病院へバスで行く、といった単純乗車は、ネットの想定内に入ってくるが、「乗り継ぎ」となると、一気に怪しげな雲が湧きあがってくる。他社のバス会社のバス停が近くにあったりすると、選択肢が一気に広がり、場所によっては収拾がつかなくなってしまう。ネットという情報ツールを遮断しないと番組が成立しないのではないかと思う。

しかし僕らは、芭蕉が歩いた道をなぞるように進みたかった。そのためにはバス路線情報が必要だった。そのための二百枚を超える紙の束だったのだ。しかしこの束には大きな問題があった。

重いのだ。

それを痛感したのは、千住大橋を発った翌日だった。僕らは一日に一時間ぐらいは旧道を歩く心づもりだったのだ。そのときはザックを背負わなくてはならない。

そこに入った二百枚を超える紙……。その話は、また追ってということなのだが。

夏のエネルギーが消えた空が広がる頃、僕と阿部カメラマンは千住大橋に向かった。そこからバスに乗るつもりだったが、最初にこの橋に着いたとき、気になる道筋を目にしていた。駅近くを走る国道四号線の側道のような道で、家や商店が連なっている。その道を確認しておきたかった。国道を渡り、その道を少し進むと、「旧日光街道」と刻まれた石柱が道路脇にあった。阿部カメラマンと顔を見合わせた。

「ここを歩いたんだ」

船をおりた芭蕉は、ここを歩き、その日に泊まる春日部をめざした。さらに進むと「やっちゃ場の地」という、「旧日光街道」の石柱より数段立派な碑が現れた。「やっちゃ場」とは青物市場のことだ。日光街道に沿ったエリアで採れた野菜がここに集められ、江戸に運ばれた。調べると、江戸の三大市場に数えられ、幕府の御用市場でもあったという。大正時代には投師《なげし》という男たちが活躍した。彼らはここで仕入れた野菜を東京の中心まで運んで転売する男たちだった。多いときで百三十人ほどもいたという。

ここまでわかってくるとバスをやめ、旧道歩きということになる。

「旅のスタートは、旧道歩きからはじまるっていうのはいいんじゃないかな」

阿部カメラマンに声をかけた。

歩いていくと「元仲卸商　清水屋」、「元青物問屋　中野屋」といった屋号が家の前に掲げられていた。いまは一般的な住宅になっている家も、遡っていけば、日光街道沿いで旅籠《はたご》、米屋、問屋、鍛冶屋などにたどり着くのだろう。東北への旅を前に宴会という壮行会を開いたのもこの界隈だったかもしれない。

気分はちょっと「おくのほそ道」だった。道に沿って商店が適度に連なり、飽きることがない。一緒に歩いていた阿部カメラマンが、しきりと首を傾げていた。

「ちょっと先まで行っててください。撮りたい写真があって……」

彼は引き返してしまった。僕はしばらく進み、信号の手前で待つことにした。やがて戻ってきた阿部カメラマンが写真を見せてくれた。

「わずかなんだけど、道が曲がっているんです。まっすぐじゃない。それと微妙な凹凸がある。これって旧街道だからじゃないかな」

カメラマンという人種は、こういうふうに風景や光景を見ているものらしい。僕がのぞくようにして見た写真の道は、たしかに曲がり、凹凸がある。このときは、千住大橋あたりの日光街道に限ったことかもしれないと思っていたが、その後、僕らは何回となく旧街道を歩くことになる。そしてそれらの道が、判で捺《お》したように曲がり、凹凸があった。最後には旧街道といわれなくても、道を目にしただけで旧街道とわかるようになっていた。日々の生活のなかで、旧街道を瞬時に識別できたからといって、なんの得にもならないと思うが、「おくのほそ道」をたどると、こういう能力はついていくものらしい。

さらに進むと広い道との交差点に出た。「宿場町通り」という標識も出ていた。地図を見ると、旧街道はこの先も国道四号線と平行に北に向かってのびていた。

一日に一時間、五キロメートルほどは歩こうと心では決めていた。一日目は日光までで、本格的に歩くのは翌日からと思っていた。ところがバスに乗る前に脇道にそれると、旧日光街道に出合ってしまった。このまま一時間歩き続ける？ 心の準備ができていなかった。日光街道をどのへんまで歩けばいいのかもわからない。

千住大橋から十五分ほど歩いただろうか。そこで少し迷ったが、北千住駅に出ることにした。ここから竹ノ塚駅まで都営バスがあることはわかっていた。

バスは国道四号線を進んでいった。竹ノ塚駅の手前で国道を離れた。すると、旧道交差点という信号があった、千住大橋からの日光街道をずっと歩き続ければここに出たということだろうか。地図で眺めると、その道は荒川に架かる千住新橋を越え、延々と歩く道筋に映った。グーグルマップに落とし込んでみると、一時間二十分ほど歩くことになる。

一日に一時間——。

そう決めたのは僕自身だったが、それはなかなかの距離だった。日頃の運動不足のせいか、脚力も弱くなってきた。年をとったということかもしれないが。

竹ノ塚駅の前で僕は迷っていた。今日は日光まで行くつもりだった。途中、「室《むろ》の八島《はつしま》」と呼ばれる大神《おおみわ》神社に寄ることにしていた。ここで芭蕉は句をつくってい る。夕方、いや夜には日光に着くことができるだろうか。

竹ノ塚駅からはバスで草加に出るつもりだった。そこから先は時間切れというか、気力の限界といった感じで調べてはいなかった。草加駅に着いたら、その先のバスを探すつもりではいた。しかし竹ノ塚駅に着いたときは十一時近かった。こうしてバスを乗り継いでいくと、「室の八島」どころか、日光にもたどり着けないこともわかっていた。どこかの時点で決断し、電車に乗るしかなかった。

それが竹ノ塚駅？

あまりに早すぎない？

とは思ったものの、電車の切符を買ってしまった。「室の八島」の最寄駅である野州大塚駅まで。九百十円だった。電車はやはり速かった。一時間半ほどで着いてしまった。

「室の八島」――「おくのほそ道」を読まなければ、訪ねることもなかったと思う。

そして実際にそこにある大神神社を訪ねたが、芭蕉や神社には申し訳ないが、感じるものはあまりなかった。

「おくのほそ道」をめぐる研究書などを読み、一気につまらなくなるのが、歌枕が登場するときである。こういうと自らの浅学ぶりを告白しているようなものなのだが。

歌枕というのは和歌の世界である。本来は、そこで詠まれた題材などを意味したようだが、芭蕉の時代、そしていまもそうなのかもしれないが、和歌が詠まれた場所を示し、そこが名所旧跡をさしていた。

芭蕉は新しい俳句の世界を標榜していたが、和歌の世界を完全に排除したわけではなかった。後述するが、芭蕉は行く先々で句会を開いている。その餞別を旅費にあてていった。そういった句会に集まってくる地方の名士のなかには、古いスタイルの俳句を好む人もいたと思う。どこか自らの知識をひけらかすような世界が、成功した商人を引きつけていた。そこでは和歌への見識は重要だった。

芭蕉に同行した曾良は、「おくのほそ道」の旅の金庫番であり、マネージャー役をこなしていく。彼は旅に出る前、これから向かうであろう地域に、どんな歌枕があるか書きだしている。旅の下調べである。それを句をつくる際に、そっと伝え、芭蕉が恥をかかないよう気を遣っていった。いや、芭蕉も歌枕を句に織り込んでいる。それが「曾良旅日記」のなかにある名勝備忘録である。

その最初に書かれているのが室の八島である。そこを訪ねた芭蕉に、曾良はその情報を伝えた。『芭蕉はどんな旅をしたのか』（金森敦子著、晶文社）には、曾良が心覚えに書き留めたという古歌が紹介されている。

煙かと室の八島を見しほどに
やがても空の霞けるかな　源俊頼（『千載集』）

五月雨に室の八島を見渡せば
煙は波の上よりぞたつ　行能（『千載集』）

つまり室の八島では、煙を詠むことが習わしになっていたわけだ。煙を詠んだ和歌も知らないし、なぜここで煙なの？　という話も、資料を読みこなさないとわからないのだ。本来、芭蕉の求めたものともだいぶ違う気がする。

備忘録に書き込んだ曾良ですら、そこに、「名ノミ也ケリトモ跡ナキトモ」と記している。あまり期待はしていなかったわけだ。それを耳にした芭蕉も、「おくのほそ道」のなかで、「ここでは煙を詠む約束になっている」といった内容を、曾良の会話として引用しているだけだ。熱が入っていない。ここで芭蕉は、

糸遊に結びつきたる煙かな

という句を残しているが、「おくのほそ道」には掲載していない。自らボツにしたわけだ。

芭蕉も曾良も乗り気がないのに、なぜ、室の八島に寄ったかといえば、千住から日光の間に、いい句が浮かびそうなところがどこにもなかったからではないかと思

う。名所がなかったのだ。歌枕という表現には、古風なところがあってしっくりはこないが、名所といえば現代にも通じる。そして埼玉県から栃木県に至るエリアを思い返しても、茫漠としていて名所が浮かんでこない。その先にある那須高原や松島のような華がある土地がない。芭蕉の時代もいまも大差はないのだ。「おくのほそ道」は旅行記という体裁をとっているから、千住を出発した後、いきなり日光に飛んでしまうのは旅感を出すことができない。四日間も歩くのだ。そう芭蕉は考えた気がする。だから室の八島へ――。

僕も旅の本を書くから、その感覚はよくわかる。旅先には、なんの興味も抱かない場所が山ほどあるわけで、それが続くと、「なにを書こうか」と悩んでしまう。そんなとき、本やネットでみつけてきた史実などで、なんとなく間をもたせることがある。

結局、僕らも芭蕉に倣って室の八島を訪ね、「たいしたことはなかったなぁ」などと言葉を発しながら日光に向かった。

しかし室の八島には、ひとつ気になる郵便局があった。野州大塚駅から新興住宅地を抜け、室の八島に行く途中の国府郵便局である。決して大きな郵便局ではないのだが、国府という名前が気になった。

調べると、このあたりに国府があった。日本が律令国家という形をとっていた時代だ。奈良時代から平安時代の前期にあたる。地方はいまの県のような行政区分ができていた。このあたりは下野《しもつけ》の国である。その国府、つまりいまでいう県庁がこのあたりにあったのだ。室の八島の資料を読んでいくと、この国府と無縁ではなさそうなのだが、芭蕉が東北を歩いたのは江戸の元禄の時代。そこからさらに律令時代にまで遡っていってしまう。そこまで踏み込む気力はなかった。

芭蕉の行程に倣って「裏見ノ滝」に行く

「おくのほそ道」をたどる旅に出てみようか……そう思ったきっかけのひとつが、日光だった。芭蕉の日光の旅といってもいい。芭蕉と曾良は昼頃に日光に着いたようだ。日光といえば東照宮である。徳川家康を祀っているわけだから、いまのように簡単に参詣することはできなかったはずだ。なにしろ江戸時代なのだ。芭蕉も当然、東照宮を見学しようとする。しかし当時の東照宮の参詣手続きはかなり煩雑だったようだ。先客もいて、二時間ほど待たされている。加えて東照宮は修復中だった。十分に見学することができなかった。だからというわけではないだろうが、「おくのほそ道」の日光の項には、東照宮の話はまったく出てこない。

極めつけは滝だった。「おくのほそ道」のなかで、芭蕉は、

暫時《しばらく》は滝に籠《こも》るや夏《げ》の初《はじめ》

という句を残している。山本健吉はこう解釈している。

――しばらく滝の岩窟の中にあって、清浄な気持にひたるのも、百日間の夏籠《げごも》りの初めといったところだ（山本健吉著『奥の細道』、飯塚書店）。

「おくのほそ道」の旅を、修行僧の夏行に見立てたのかとも語っている。なかなかいい句だとは思うが、この句が、華厳ノ滝ではなく、裏見ノ滝で詠まれているのだ。日光の滝といえば華厳ノ滝ではないか。江戸時代はまだ華厳ノ滝がなかったという

わけではない。日光の滝のうち、華厳、霧降、裏見が三滝と呼ばれていたようだ。僕は「おくのほそ道」を読むまで裏見ノ滝など知らなかったし、いまだに霧降ノ滝は見たことがない。やはり日光といったら、その壮大さからいっても華厳ノ滝だと思う。しかし芭蕉は、華厳ノ滝についてはまったく興味を示していない。なぜ行かなかったかということも書いていない。

「そういうとこって、下川さんによく似てますよね」

同行した阿部カメラマンからいわれたことがある。僕の旅のイメージをつくろうとしているわけではないが、旅を終えてみると、皆が行く観光地を訪ねていないことはよくあった。もともと多くの人が訪ねる場所は避けようとするひねくれ旅行者だから、おのずとそうなってしまうのだ。アンコールワットに足を踏み入れたのは、シェムリアップの街を何回か訪ねた後だった。ミャンマーのパガンは列車やバスで何回か通っているが、パガンの遺跡は見たことがない。

しかし芭蕉は僕のようなひねくれ旅行者とは少し違っていた。句がつくれそうかどうか……それが訪ねる場所を決めるすべてだったと思う。滝を見ながら句をつくるわけだから、観光客の黄色い声が響く場所では、集中力が削がれるかもしれない。僕も吟行で寺などを訪ね、境内の片隅にぼんやり立って、指を折りながら、五七五の文字を探っていることがあるが、その姿は傍から見ると少し気色が悪い。参詣する様子はなく、視線が宙を舞っている。寺にやってきた人には、「あのおじさん、近づかないほうがいい」などといわれている気がする。芭蕉がどんな体勢で句をつくっていたのかはわからないが、近くにいる人と談笑しながら、ひょいと懐紙に句を書いたとはとても思えない。当時の華厳ノ滝や中禅寺湖に、どれだけの観光客がいたかはわからない。いまに比べれば少なかったはずで、やはり、句になりそうかどうか……で決まった気がする。

日光への道中、曾良と話を交しながら歩いたはずだ。曾良の名勝備忘録に記されているのは黒髪山だけだ。黒髪山はいまの男体山である。

「おくのほそ道」には、

剃捨《そりすて》て黒髪山に衣更《ころもがへ》

という曾良の句が掲載されている。芭蕉と曾良は僧の姿で旅に出ている。それがいちばん安全だったからといわれる。僧の姿になる以上、髪は剃らなくてはならない。衣類も黒いものになる。それが日光に着いた頃、衣替えの時期を迎えた。出発の頃のことが思いだされるという意味だと解釈されている。

日光に一泊した僕らは、芭蕉の行程に倣って裏見ノ滝に行ってみることにした。宿からバスに乗り、「裏見ノ滝」バス停から歩くことにした。宿を出る前、スタッフに裏見ノ滝への道を訊いてみた。

「最後はけっこうきつい山道らしいですよ。訪ねる人も少ないし、私も行ったことはないんですけど」

頼りない返事だった。今日から一日一時間はしっかり歩くつもりだった。日光から大田原市方面に向かう道の一部を歩くつもりでいた。いってみれば、朝の裏見ノ滝はウォーミングアップのつもりである。グーグルマップで調べると、バス停から滝往復は約五キロメートル。足慣らしにしたら少し長いが、このくらいは歩いておかないと……というつもりだった。

しかし往復約五キロメートルはきつかった。ちょっと寂れた別荘地のなかにアスファルトの道がつくられていたが、かなりの坂なのだ。進むにつれ、しだいに傾斜が急になり、息が切れはじめる。二十分ほどのぼっただろうか。軽自動車が一台停まっていた。そこがアスファルトの道の終点だった。キノコ狩りにでもきた地元の人の車かもしれない。

そこから宿のスタッフがいうように、山道になった。登山道として整備されていた。丸太を山道に埋めた階段状の道が続いたかと思うと、急に急流に沿った崖の道に出る。いまはしっかりとした木道が渡され恐いことはないが、本格的な登山道なのだ。途中には、「クマ出没注意」の看板もあった。芭蕉と曾良は、日光の宿に泊まった朝、軽い足どりで訪ねているが、途中までのアスファルト道などないわけで、本格的な登山である。僕はとりたてて足が遅いとも思わないが、片道一時間近くもかかってしまった。

日光北街道という厳しい道のり

急いで日光駅に出、そこから東武鉄道で新高徳《しんたかとく》駅まで向かった。

芭蕉の次の目的地は黒羽や殺生石、つまり那須野方面である。まず大田原に出ることになる。本来なら、いったん宇都宮に出、そこから奥州街道を北に進んでいくのが表の道である。ところがふたりは今市から北に向かい、矢板に出て大田原に向かう。日光北街道といわれた近道だった。

この道を教えてくれたのが、「おくのほそ道」の「室の八島」の項で登場する仏《ほとけ》五左衛門《ござえもん》だった。ふたりが泊まった宿の主人である。芭蕉はこの男をかなり気に入ったようで、「正直偏固《へんこ》の者也。剛毅木訥《ごうきぼくとつ》の仁に近きたぐひ、気稟《きひん》の清質、尤《もつとも》尊《たふと》ぶべし」と書いている。つまり根っからの正直者で、その清らかさは尊ぶべし……と。

旅に出てなんの裏もない親切に出合うと、誰しも救われるものだ。しかしそれほど世のなかは甘くない。本当にいい人だと思った人に裏切られることは、旅では珍しくない。つまりは自分の人を見る目の甘さを痛感していくうちに、人間の目つきというものはどんどん悪くなってしまう。僕もこれだけ旅をしてきたから、かなり人相は悪くなってきた。二十代の頃、エチオピアやエジプトで現地の人々と一緒に映っている写真を見ると、とても自分とは思えないすっきりとした顔だちをしている。その頃は髭も生やしていなかったし、本を書くための旅でもなかった。

カメラマンと一緒に海外の街を歩くことは多いが、ふたりで並んで歩いていると、よからぬ客引きが、カメラマンだけに声をかけ、僕を無視することがよくある。その分、僕は被害に遭いにくくなっているのだろうが、一抹の寂しさを感じなくもない。もう相手にもしてくれない……。そういう顔つきになってしまったのだ。

人間というものは、どんな職業であれ、それを積みあげていくためには飲まなくてはならない毒もある。仕事というものは、人とのかかわりのなかでつくられているものがほとんどだから、その世界に浸って生きていくと、どうしても瞳の奥に人を疑う光源のようなものができあがり、目は曇っていく。だから森のなかで人と会わずに暮らしたいといった願望も生まれるのだが、人と人の間で生きてきた人は、そこでまた寂しさに苛まれ、騙し騙され……といった少し汚れた空気のほうが肌に馴染んでくる。

しかし僕は旅先でまだ騙される。これだけ旅人として薹《とう》が立ってしまってもやられてしまう。それだけ相手が上手《うわて》なのかもしれないが、僕のなかにも人を信じようとする心がまだまだ残っているとも思いたいのだ。

転じて芭蕉は、それまでの生活や旅で、どれだけ騙されてきたのかと考える。芭蕉は気難しい性格だったらしいことはいわれているが、疑い深いという印象はとくに受けない。宿のひどさなどを遠慮もなしに書いてしまうところを見ると、苦労知らずの旅人にも映る。悪天候や長い道のりなど、旅そのものの苦労はあっただろうが、資金に関しては一切、曾良に任せているし、自分を尊敬する弟子に囲まれるとすこぶる上機嫌になる。

その伝でいえば、仏五左衛門の言葉を疑わなかった気もする。しかしたしかにショートカットはできるのだが、安全な道というわけではなかったらしい。周辺に住む人も少なく、ときにオオカミも出たという。芭蕉も途中で後悔したかもしれないが、旅というものは、いちど歩きはじめた道を諦めるときはかなりの勇気がいるものだ。

　芭蕉が日光北街道を選んだおかげで、三百年以上たったいま、僕らも苦労することになる。当時、通る人が少なかった道は、いまも寂れているということか。日光北街道は、日光から新高徳駅近くを通り、いまの塩谷町、矢板市を通って大田原市に向かっていた。その距離は三十五キロメートル近くある。途中で歩くつもりではいたが、まともに新高徳駅から歩きはじめるつもりはなかった。そこで路線バスということになるのだが、新高徳駅から矢板駅行きのバスは一日に五便しかなかった。地元の日光市、塩谷町、矢板市が委託した「しおや交通」が運行していた。観光客が利用するようなルートでもなく、地元の高校生や住民へのサービスというコミュニティーバスの世界だった。

　新高徳駅前にバス停がぽつんと立っているが、誰もバスを待つ人はいない。僕らもすることがなく、新高徳駅のベンチに座ってバスを待つしかない。一時間ほど待っただろうか。バスは出発時刻の二十分ほど前にやってきた。この二十分が運転手さんの昼食時間のようだった。バスの扉を閉め、後ろの客席に移って、始発の矢板駅で買ったらしい弁当を食べていた。突然のローカルバスの世界だった。僕らはこの後、このローカルバス、いやもっと正確にいうとコミュニティーバスにどっぷり浸って旅を続けることになる。

バスは定刻に発車した。ボディーはやや薄い黄色で、「幸せの黄色いバス」とフロントに書かれていた。その左上には、「幸せは歩いてこない　だからバスで行くんだよ」という文字も記されていた。しっくりくるようで、よく考えてみると、悩んでしまう。もともと黒字になるなどとはまったく考えていない路線バスなのだろうが、少しでも多くの人が利用してくれたら……という思いを託したとしたら、ちょっと切ない。

四十五分ほどで矢板駅に着いた。発車したとき、乗客は僕らだけだった。このまま終点まで？　と少し不安になったが、途中、ひとりの老人が「幸せの黄色いバス」に乗ってきた。乗客は僕らを含めて三人になった。そのまま終点の矢板駅に着いた。運賃は九百八十円だった。

矢板駅の先を歩くことは前日に決めていた。芭蕉は日光から進み、玉生《たまにゅう》という所で一泊している。矢板市の手前の塩谷町である。翌日はそこから、矢板、大田原を経て、黒羽まで歩いてしまっている。三十キロメートル近くある。その道をしっかり歩こうなどとは思っていなかった。一日一時間程度のつもりだ。

地図を眺め、矢板駅から「かさね橋」を渡った大田原市の薄葉地区あたりまで約四キロメートルを歩くことにした。前にもお話ししたように、市町村をまたぐ路線バスは少ない。矢板から大田原方面もそうだった。ネットで調べると、薄葉地区には大田原市のバスが乗り入れていた。

矢板駅前から歩きはじめる。最近、再開発されたようなエリアだった。区画整理された四角い敷地に、チェーンのラーメン屋や塾の看板を掲げたビルが建ちはじめていた。そこを抜けると、国道四号線に出た。大型トラックが勢いよく通りすぎる。その風圧と音に、歩く気分が萎えていく。

同行する阿部カメラマンは岩手県の出身である。実家に帰るとき、高速ではなく一般道を走ることもあるようだ。そのときに通るのがこの道だという。「かさね橋」

方向に行くには、この国道四号線を横切らなくてはならない。しかし渋滞を考えてか、信号はかなり先だった。トラックが途切れたら……と、しばしばふり返りながら、国道脇の歩道をただ歩いていく。どんな道だったのかはわからないが、芭蕉が歩いた道は、もう少し穏やかだった気がする。なんとか国道を横切り、「かさね橋」への近道を進もうとしたが、水田が広がるなかの道で迷ってしまった。あてずっぽうに進むと箒《ほうき》川の土手に出た。「かさね橋」はこの川に架かる橋だった。

かさねとは八重《やへ》撫子《なでしこ》の名成《なる》べし

「おくのほそ道」には曾良の句として載っている。しかし研究者の間では、芭蕉の句という説が有力だという。村で出会った娘の「かさね」という名前から、十二単《ひとえ》の「襲《かさね》の色あい」が連想されるという解釈が一般的だ。十二単の布の色には撫子もある。それらをつなげ、こんな田舎なのに、なんと雅びな名前なのか……という印象を句は与えているという。芭蕉の研究者はそこまで読みとるのかと思うが、それによってこの句は有名になり、箒川に架かる橋にも「かさね」という名がつけられたわけだ。

はじめてこの句に接したとき、ここまで深く読めず、かさねや八重撫子という花からイメージする美しさを感じたものだった。その句がこのあたりでつくられたのだろうか。

考えてみれば、当時、この川に橋は架かっていなかった可能性が高い。道は国道四号線から離れ、車も少ない。歩く芭蕉の姿を連想するにはいい場所だった。

日はだいぶ傾いていた。すでに十月の半ば。日は短くなってきていた。急がないと暗くなってしまう。早足で「かさね橋」を越え、大田原市の薄葉という地区に入る。ここから大田原市役所まで向かう循環バスがあるはずだった。しかし、なかなかバス停がみつからない。困って下校途中の中学生、コンビニの店員……と次々にバス停を訊くのだが、どうもはっきりしない。地方にいくとよくあることだった。

住民の足は基本的に車で、バスを利用するのは、高校生と老人に限られていた。高校生は一応、学校に行っているし、老人は用がなければ家から出ることが少ない。

地方都市でバスの話を口にしても、視線が宙を舞ってしまうことが多いのだ。

薄葉地区の人々もそれに似ていた。それでも親切にいろいろ問い合わせてくれ、やっとバス停を探しあてた。その時刻表を見ると一日に三本。地方にいくとよく目にするすかすかな時刻表だった。しかし運がいいことに、最後の一便に間に合った。しかしバス停の前でまた悩むことになる。行き先は大田原市役所なのだが、地図を見ると逆方向にある。だが道の反対側にはバス停がない。

それがなかなかバス停がみつからなかった理由でもあった。ざっくりとした方向を確認し、その方向に向かう車が走る車線でバス停を探す。それが一般的だと思う。ところがこのあたりのバス停は、大田原市役所から遠のいていく車線にしかない。

しかしバス停には、大田原市役所行きの欄に時刻が記入されている。バスを待つしかなかった。ここから大田原市役所までは八キロメートルほどあった。朝、裏見ノ滝を見にいき、往復で二時間近く歩いていた。そして矢板駅から大田原市の薄葉地区まで約一時間。今日は合計で三時間近く歩いていた。疲れは足にきていた。久しぶりにそこそこの距離を歩いたためか、足の指が痛い。靴擦れを起こしているかもしれなかった。やってくるバスが大田原市役所まで行ってくれることを祈るしかなかった。しだいに暗くなってくる。夕暮れどきや夜、バス停でバスを待つのは心細いものだ。バスの時刻表が表示されていて、日本の路線バスはアジアとは違い、ほぼ定刻にやってくることがわかっていても、本当にくるだろうか……という不安が頭をもたげてくる。こんな寂しい場所に放置されたらどうしようかと考えてしまう。芭蕉が歩いたルートをたどる旅は、現代でも不安を携えていた。

右手の先に信号があった。バスはその方向からやってくるはずだった。大型車のライトが見えると、ついフロントガラスの上に視線を凝らしてしまう。暗がりのなかで腕時計を見る。そろそろ……バスが見えた。近づいてくる車の上部には、大田原市役所という表示がしっかりと見えた。

乗降口に足をかけ、初老の運転手さんに訊いてみる。

「市役所？　行きますよ。でも、ぐるぐるまわるから時間、かかりますよ」

そんなことはどうでもよかった。ぐるぐるまわろうが、途中で時間調整のための停車があってもかまわなかった。とにかく大田原市役所まで行ってくれさえすれば、そこから先に進むことができた。

車内はすいていた。席にどかっと座り、車窓を通りすぎる街灯を眺めた。ぐるぐるまわる……それは薄葉地区のなかを巡回し、市役所に向かうものだと思っていた。しかしバスはぐるぐるまわって気づくとJR宇都宮線の野崎駅に停車していた。地図を眺めると、大田原市役所からかなり遠のいている。地図には西那須野駅も表示されていた。大田原市役所から見ると、西那須野駅のほうがかなり近い。グーグルマップでだいたいの距離を測ってみると、大田原市役所から野崎駅まで八キロメートルあるのに、西那須野駅へは三・三キロメートルだった。JR宇都宮線を利用する人なら、西那須野駅を利用するだろう。もちろん大田原市役所から西那須野駅へのバスはあったが、あまり走らせる意味もなさそうな野崎駅行き路線もあった。理由は、このバスは大田原市営バスだったからだ。そして野崎駅は大田原市内だったが、西那須野駅は那須塩原市に属していた。

これが公営バスの世界だった。行政に引っぱられてしまうのだ。まあ、そのおかげで、僕は薄葉地区から大田原市役所行きに乗ることができたのだが。

バスは野崎駅を発車した。歩いた疲れが出てきてしまった。バスの終点は大田原市役所である。その安心感も手伝って、うとうとしてしまった。ふと目を覚ますと、自転車置場に記憶があった。

「……野崎駅？」

右手を見ると野崎駅の表示があった。また野崎駅に戻ってきたのだ。ぐるぐるまわる……というのはこういうことだったのだ。

そして再びバスは発車し、工業団地のようなところをぐるぐるまわり、また野崎駅にやってきたときは溜め息が出た。しかし、このぐるぐるバスに身を委ねるしかなかった。バスは発車した。今度は広い道を走っているからぐるぐるはなさそうだった。大田原市役所に着いたときは午後六時をまわっていた。薄葉地区から市役所まではハキロメートルほどだが、一時間近くもかかっていた。バス代は二百円だった。

大田原市役所前はバスターミナルのようになっていた。そのベンチに座り悩んでいた。芭蕉はここから黒羽に出、雲巌寺を訪ねている。芭蕉はこの一帯に二週間も滞在した。黒羽にいた知人がもてなしてくれたのだ。千住を発ってからこの黒羽まで六日かかっていた。この先の旅を考えれば、こんなところで停滞する気にはなれないと思うのだが、芭蕉と曾良はどんと居座ってしまう。なにか旅というものへの感覚が違う気がする。千住からここまでは足ならし。これから先は厳しい道のりが待っている……。その前に体力を蓄える。そういうことかと考えてしまう。

芭蕉は黒羽から雲巌寺まで行っている。当然、歩いている。バス停のベンチでその距離を調べると十二キロメートルほどあった。歩くと二時間二十分とグーグルマップの表示が出てくる。頑張って歩いて、帰りはバスで帰ってくる。といっても半日はかかってしまう。靴先の部分を見つめる。歩くことを考え、ハイキングシューズを履いていた。つま先の部分が痛い。明日、二時間歩くか……。

視線をあげると、那須塩原駅行きのバスが停まっていた。明朝、雲巌寺まで歩いて戻ってくると昼近くになってしまう。そこから那須塩原駅に出、殺生石に向かうことになる。先を急ぐ旅というわけではなかったが、ここから先、仙台に出、松島、平泉、さらに日本海側を進む旅が待っていた。どことなく気が急くのだ。いや、単に疲れていた。昼は歩き、夕方からはぐるぐるまわるバスに一時間も揺られ、なんとなく気が萎えてもいる……。

乗ってしまった。

乗客が少ないバスの椅子の背に体重を預け、（こんなことでいいんだろうか）と天井を見あげた。二時間ほど歩き、バスに揺られ……。「おくのほそ道」をたどる旅は意外にきつい。

バスは二十分ほどで那須塩原駅に着いた。在来線のほかに新幹線も停車する立派な駅だ。駅裏の安めのビジネスホテルに入った。靴下を脱ぐと左足の小指がぷっくりと腫れていた。大きな血豆だった。右足の小指も腫れはじめていた。つま先の血豆が靴に触れ、痛みを感じているようだった。はたして明日、足はもってくれるのだろうか。

足湯に浸かりながら資金の工面に苦労した曾良を想う

翌朝、目を覚まし、身を起こすと足の筋肉が痛かった。今日も一時間は歩くつもりでいた。しだいに足が慣れていくような気もするが、なんだか心許ない。

駅前のバス乗り場にはすでに長い列ができていた。小さなザックを背負った登山客だった。ちょうど紅葉のシーズンである。那須岳方面の山に登る人たちだった。那須湯本温泉行きのバスはほぼ満席の客を乗せ、ベーカリーやカフェ、チーズ工房など、絵に描いたような高原リゾートの店が続く坂道を登っていく。芭蕉の時代には、どんな風景が広がっていたのか想像もできないが、それから三百年以上がたち、芭蕉の足どりをたどる僕らにしたら、あまり縁のない世界でもあった。

芭蕉が訪れた殺生石は、バスの終点である那須湯本温泉からそう遠くなかった。

芭蕉は「おくのほそ道」のなかで、

――石の毒気いまだほろびず、蜂・蝶のたぐひ、真砂《まさご》の色の見えぬほどかさなり死す。

と記している。これを読むと、防毒マスクでもつけて入り込まないと危険な一帯に思えてくる。芭蕉が訪ねた頃は、もう少し荒々しい光景が広がっていたのかもしれないが、いまは遊歩道がつくられた観光地である。イオウが噴出して黄色くなっているところもあるが規模は小さい。しかし木々が育つには難しいようで、土が剥きだしになった斜面は殺生石という名のイメージと重なる。芭蕉はここで、

石の香や夏草赤く露あつし

という句を詠んでいる。それほど気に入った句ではなかったのか、「おくのほそ道」には載せていない。気になるのは温泉だった。いまは殺生石のすぐ下から温泉宿が見えるが、当時は少し下に温泉があったようだ。当時の湯本。芭蕉はそこに泊まっているのだが、「おくのほそ道」では、温泉に触れていない。「おくのほそ道」という本は本当に俳句ひと筋。温泉や料理といったいま風の旅の楽しみはほとんど登場しない。ストイックな内容なのだ。芭蕉も湯に浸かっているはずなのだが……。

殺生石のすぐ下に鹿の湯があった。温泉ファンの間では有名な湯だという。浴槽がいくつかあり、そのなかには四十八度という高温の湯がある。マニアの間では、ここに浸かったことが自慢になるらしい。芭蕉に倣うわけではないが、僕も温泉マ

ニアというわけではない。四十八度の湯に入ったからといって感心してくれるような知人もいない。今日は白河の関、そしてできれば福島まで行きたかった。ここからバスで黒磯に出、列車で黒田原へ。そこから先の白河の関の間で歩くつもりだった。黒磯へのバスの時刻が気になった。鹿の湯にゆっくり浸かる時間もない。

バスの時刻を確認すると、二十分ほどの時間があった。観光案内所の右手に東屋がある。そこに座ってバスでも待つか……と行ってみると、無料の足湯だった。さっそく靴や靴下を脱いで足を入れてみる。かなり熱い。じ〜んと熱が伝わってくる。前日、二時間近く歩き、血豆ができた足だった。今日は旧奥州街道の一部を歩くつもりだった。この湯の効果が少しでもあれば、街道歩きも楽かもしれないが。

この温泉で、触れておかなくてはならないことがひとつある。「おくのほそ道」の旅にかかる費用の話である。いくら僧の姿をしていたからといって、宿にただで泊まることはできない。食事代もかかる。江戸を出発したとき、弟子たちからかなりの額の餞別を受けとっていたはずだ。弟子のなかには、杉山杉風のような富商もいた。これは第四章で詳しく伝えるが、芭蕉は行く先々で句会に招かれている。そこで餞別を受けとっている。それらをすべて管理していたのが同行の曾良だった。彼は俳人として句もつくるが、芭蕉が句を詠むための資料を集め、宿を手配し、旅の資金の面倒もみるという、まさにスーパーマネージャーのような仕事をこなしていくのだ。

芭蕉は金に対しては無頓着だった。俳諧の宗匠はそういう存在だったのかもしれない。そんな事情があり、いってみれば旅の汚れ役はすべて曾良が受けもっていた。彼はそのあたりの苦労を一切記していないが、「曾良旅日記」のこの温泉の項に、唯一、

――鉢ニ出ル。

という記述がある。曾良は温泉の路上で托鉢をしていた。旅の資金に不安を覚えたのかもしれない。江戸を発ってから二十日ほどがたっていた。この旅にどのくらいの費用がかかりそうなのかみえてきたということだろうか。

芭蕉が句を詠んだ「遊行柳」を経て白河の関へ

バスで黒磯に出、そこからJR東北本線に乗り、黒田原駅で降りた。駅前には数軒の店があるだけの寂しい駅だった。ここから遊行柳に向かうつもりだった。この柳を芭蕉が訪ねていた。黒田原駅から遊行柳方面に向かうバスは一日に四本しかなかった。遊行柳からは歩くつもりでいた。しかしバスを待っていると、白河の関に着く頃は日が暮れてしまいそうだった。黒田原に向かう列車のなかで、

（……これはタクシーを使うしかないな）

と考えていた。路線バスに徒歩という旅を自らに課しているが、それは芭蕉の旅に引っ張られているからで、車という選択肢を加えると、旅はずっと楽になった。わかりづらいバスの時刻表と格闘する必要もなかった。しかしそれは禁じ手にも映る。車で移動してしまえば、かなり楽に「おくのほそ道」をたどることができた。しかしそれでは、時間感覚が違う気がする。本来なら、すべてのルートを歩くのが筋なのだから、路線バスや列車も芭蕉の旅から遠のいていってしまう。しかし全行

程を歩くのは、かなり難しいというか、つらそうだった。そこで折衷案が頭をもたげてくる。路線バスでうまくつなげないところはタクシーで……。その加減は難しいが。

黒田原駅前で探すと、一軒のタクシー会社がみつかった。しかし車は一台もない。やはり路線バスに乗れということか……と迷っていると、奥から中年の男性が顔を出した。

「いま、一台がすぐに戻ってくるから。遊行柳？　大丈夫ですよ」

ほどなくして帰ってきたタクシーに乗り込んだ。遊行柳に向かう車内で、運転手さんはこう口を開いた。

「遊行柳から先、歩いて、白河の関ですか……」

僕は遊行柳から歩いて東北本線の駅に出、そこから白河駅に出、白河の関に出ることも考えていた。

「近くで待ちましょうか。いったん営業所に戻ると迎車代がかかっちゃうから、この辺にいますよ」

「でも、一時間ぐらい歩くつもりなんですけど……」

「大丈夫。田舎ですから」

親切なのか、商売上手なのか……。しかしタクシーは楽だった。目的地に歩くことなくぴたりと着いてしまう。できるだけ歩きたいという思いとは裏腹に、足には血豆ができ、タクシーの座席は蠱惑《こわく》の心地よさである。

遊行柳というのは、水田地帯のなかにぽつんと立つ柳の木である。特別の珍しい柳の種類というわけではない。話は室町時代に遡る。栃木県の観光情報の受け売りで伝えると、遊行上人という僧がここを訪れ、柳の精の老翁を念仏で成仏させたという地である。この話は能楽や謡曲の題材にもなり、西行、芭蕉、蕪村などが訪れ、句碑が立っている。もちろん柳もあるが、当時の柳とは違う。まあ、芭蕉や西行、蕪村に興味がなかったら立ち寄るような場所ではない。なにしろ柳が植えられているだけなのだ。

柳の前に立ってもすることがないから、「おくのほそ道」をとりだして読んでみる。芭蕉はここで、

田一枚植《うゑ》て立去《たちさ》る柳かな

という句を残している。山本健吉は、「早乙女たちが田を一枚植え終えるほどの時間で、私もまた放心から立ち戻って、その古蹟を立ち去ったのであった」（『奥の細道』、飯塚書店）と解釈している。穏やかな日射しのなか、縁石に腰をおろして「おくのほそ道」を読み、視線をあげると柳があり、その先には水田が広がっている。脇にある句碑には蕪村の「柳散清水涸石處々」と刻まれている。遠い昔から、歌人や俳人がここを訪れた。一本の柳の木を、そんな想像力を重ねて眺めると、不思議なことだが妙に落ち着く。この心情はなんだろうと思う。

この先、僕は芭蕉が句を詠んだ場所を何カ所も訪ねていくことになる。そしてどこでも、遊行柳で味わった穏やかさを感じとっていくことになる。芭蕉が訪ねた場所は、いまでも有名な観光地であることは珍しくない。なかには芭蕉によって名が知られた場所もある。しかし、いくら観光客でにぎわっていても、「おくのほそ道」

の時代を想像し、そのさらに昔の西行が歩いた風景を思い描くと、なぜか心が鎮まってくるのだった。これが「おくのほそ道」効果というものだろうか。

遊行柳から白河の関の方向に、旧奥州街道を歩くことに決めていた。一日一時間は旧道を歩くというミッションである。

道は国道二九四号線に絡むように続いていた。旧奥州街道といっても、しっかりと舗装されている。歩きはじめると筋肉痛や足先の痛みが蘇ってきた。荷物も肩に重い。

タクシーの運転手さんから、「この辺にいますよ」といわれたとき、荷物も預かってもらおうか……とも思った。しかしそれでは、タクシーを待たせ、その間に少し歩くだけといった流れになり、なんとなく、そこまではできないという気分だった。一時間ほど歩いた先で、運転手さんを呼べばタクシーはやってくるわけだから、実質はタクシーを待たせているようなものなのだが。

道は集落をつなぐように続いていた。微妙に曲がっているのは、千住大橋の道によく似ていた。道に沿って、忘れられたような小さな寺社や仏像、文字が苔に覆われてほとんど読めない碑を、かなりの頻度で目にした。そして沿道には杉の並木が続く。芭蕉が歩いた頃とは代替わりしているのだろうが、これが旧街道の伝統のように思えてくる。

歩くという行為はけっこう飽きる。そんなとき、沿道の仏像の顔が気分を変えてくれるかもしれない。いやそれ以前に、自分が歩いている道が正しいのかという不安は常にあったはずだ。実際、芭蕉らも「おくのほそ道」のなかで、何回も道を間違えている。沿道の寺社や仏像は、歩いている道が奥州街道であることを伝える道標だった気がする。

二キロメートルほど歩いた。板屋の一里塚に出た。道の脇に案内板があり、江戸から四十四里、約百七十六キロメートルと書かれていた。一里塚は街道を歩く人の目印だった。一里ごとに土を盛った塚をつくった。一里というのは約四キロメートルである。前述したが、当時、成人男性は一日約十里を歩いていた。時速に換算すると五キロメートルほどになる。一里塚は五十分ほど歩くと目にすることになる。

板屋の一里塚は、塚というより小山だった。旧奥州街道も車が通ることができるほどに整備されていた。道は小山を削ったようにつくられていた。

さらに一キロメートルほど歩く。グーグルマップを頼りに進んでいった。地図のなかに脇沢の地蔵様という地名が出てきた。ここで国道四号線と合流している。さらに進むと、また国道四号線とは離れるのかもしれないが、脇沢の地蔵様まで歩けば、一日一時間は歩くというミッションはクリアーできる。僕の足も余裕はあまりなかった。前日の疲れが溜まっている。今日はこのくらいにしておこう……と自分をまるめ込む。

脇沢にはまぬけ顔の地蔵が並んでいた。どこか宮崎アニメの「天空の城ラピュタ」に登場するロボット兵の顔に似ている。その顔を眺めながら、タクシーを呼んだ。

縁石に腰をおろし、タクシーを使わないルートを調べてみる。最寄りのJR豊原駅まで歩くと約一時間。白河駅まで出て、そこから白河の関に向かうと、もう暗くなってしまうかもしれない。ここから白河の関まで歩くことも考えられる。グーグルマップで歩くマークをポチッと押すと、一時間半という数字が出てきた。

「一時間半か……」

その気力はなかった。

やはりタクシーか……。

ほどなくしてタクシーは現れた。中年の運転手のにこやかな顔が見えた。運転手さんは、裏道を通ってくれた。関所には抜け道というものがあったようだ。運転手さんは、その道ではないかという。後で調べたが確かなことはわからなかった。しかし抜け道だという道は近道でもあった。ものの十分ほどで白河の関に着いてしまった。やはり速い。そして楽だ。運賃は三千二百六十円だったが。

タクシーを降りると、脇に放射線量の表示があった。栃木県を抜け、福島県に入ったことを教えられた。

白河の関跡は二カ所あった。時代とともに場所が移動していた。僕らが訪ねたのは新しい関の跡である。新しいといっても、芭蕉が通っているのもこの関である。

芭蕉は俳句をつくるために、当時、すでに関所跡になっていたはずの古い白河の関も訪ねている。能因法師や西行といった旅の僧が通ったのは古い白河の関だったからだ。しかし気に入った句はなかなかできなかったのか、「おくのほそ道」では曾良の句を載せ、白川の関にかゝりて旅心《たびごころ》定《さだま》りぬ、と記している。いよいよ東北に入ったわけだ。それがいまの時代は放射線量の表示になってしまった。

白河の関から路線バスで白河駅に出た。駅舎に入り、見あげるとみごとなステンドグラスがはめられていた。白河駅――。ひっそりとした駅だった。いまは新幹線が開通し、新白河駅ができ、まえにもまして利用客は減ってきているはずだ。しかし駅舎からは、以前は主要駅だった風格が伝わってくる。

調べると、やはり……だった。東北本線の黒磯と白河の間は阿武隈川上流の難所だった。東京を出発した蒸気機関車は、約百キロメートルごとに石炭や水を補給しなくてはならなかった。そんな位置に白河駅が選ばれたようだ。ここには規模の大きな機関区がつくられた。最も多いときで千人近い職員が働いていたという。当然、ここを起点にする列車も多くなる。白河は列車の世界でも東北の入り口だった。福島に向かおうと白河駅のホームに立つと、目の前に白河小峰城の天守閣が見えた。復元されたものだろうが、ホームの正面にどんと構える城郭はなかなかみごとだ。

旅心が定まったという白河の関は、やはり東北の入り口だった。

「おくのほそ道」を、はじめから一気に読むと、ハイライトはいまの宮城県、岩手県、山形県へと進む東北の旅であることがよくわかる。その入り口に芭蕉は立った。その道筋をたどる僕も白河の関を越えた。

松島をめぐる遊覧船「芭蕉コース巡り」。

第二章 「おくのほそ道」という道を東北で探す

マリンゲート塩釜の発券所脇で芭蕉像がお出迎え。

福島から仙台へ

福島駅前のビジネスホテルに泊まり、翌朝、福島交通飯坂線の電車に乗って飯坂温泉に向かった。九・二キロメートルという短い路線である。車内に温泉宿ののれんが掲げられていた。福島交通は温泉気分を盛りあげようとしているのかもしれないが、沿線は福島のベッドタウン化が進み、通勤・通学客が乗客の大半を占めていた。朝の電車ということもあったのかもしれないが。

飯坂温泉は共同浴場で知られていた。現在も九つの共同浴場がある。どれも地元の人向けの浴場だ。僕も入り口で二百円を払い、一六二四年にみつかったという古い共同浴場、切湯に入った。熱い湯だったが、贅沢な朝風呂である。

芭蕉が東北を歩いたのは一六八九年だから、この切湯はみつかっていた。曾良旅日記には、「飯坂ニ宿、湯ニ入。」と記されている。芭蕉がいったいどの湯に入ったのかはわからないが、「おくのほそ道」にはこう記されている。

——温泉《いでゆ》あれば、湯《ゆ》に入《いり》て宿をかるに、土坐に莚《むしろ》を敷《しき》て、あやしき貧家《ひんか》也。灯《ともしび》もなければ、ゐろりの火《ほ》かげに寐所《ねどころ》をまうけて臥《ふ》す。夜に入《いり》て、雷鳴《かみなり》雨しきりに降《ふり》て、臥《ふせ》る上よりもり、蚤《のみ》・蚊《か》にせゝられて眠らず。持病《ぢびやう》さへおこりて、消入計《きえいるばかり》になん。

温泉については実にあっさりと触れ、泊まった宿のひどさを書き連ねている。ここまで書くかといった勢いである。芭蕉は疝気と痔という持病があったという。疝気というのは、岩波文庫の『芭蕉おくのほそ道』によると、「胆石症か」という脚注がある。ネットでみると、下腹痛という説明が多い。とにかく持病が出てしまうほどひどい宿だったというのだ。

「おくのほそ道」は、旅のガイドというより文学作品だと思うが、形としてはガイド的な要素ももっている。僕はガイドブックの製作にもかかわっているのだが、飯坂温泉の一文は現代のガイドではとても書くことができない内容である。しかし飯坂温泉駅を出た右側には、立派な芭蕉の像がある。飯坂温泉のオフィシャルサイトにも、「俳聖松尾芭蕉が奥の細道の途中に立ち寄ったとされる歴史ある温泉地です」と大人の対応をしている。

芭蕉はどんなつもりでこの文章を書いたのかはわからないが、その行間から伝わってくるのは、飯坂温泉への気遣いがまったくないということだった。そんな必要もなく、芭蕉にしたら、この旅がいかに大変なものだったのかをやや誇張して書いた気がする。

しかし芭蕉の死後に世に出た「おくのほそ道」は、それなりの評価を得たはずだ。当時の記録によると、芭蕉のルートをたどって旅に出た俳人はひとりやふたりではない。芭蕉が世話になった家を訪ねて断られたりしている。飯坂温泉にやってきた人のなかには、

「芭蕉がぼろくそに書いた宿はどこでしょうか」

などという旅人もいた気がする。芭蕉は否定するかもしれないが、「おくのほそ道」はガイドブックの要素ももっていたのだ。三百年以上も年月が流れたというのに、僕もまた、「おくのほそ道」をガイド代わりにして旅に出ているのだ。

飯坂温泉から再び福島に戻り、東北本線で仙台方面に向かうことにした。芭蕉は基本的に徒歩の旅だから、福島から三日をかけて仙台に着いている。大木戸、白石、笠島といった土地を進んでいる。仙台から先は、壺碑《つぼのいしぶみ》、松島、平泉……と「おく

のほそ道」がいちばん輝いているエリアが続いていた。福島から仙台までの間はどちらかというと地味で、さして有名な句も詠まれていない。なんだか気が急き、一気に仙台まで行ってしまおうかとも思った。福島から仙台までは各駅停車に乗っても一時間半ぐらいだから、さくっと進んでしまうこともできた。しかし、それではあまりに……という思いもある。一日一時間は歩こうというミッションも気にかかる。

途中の名取駅で降りることにした。芭蕉はこの近くにあった中将藤原朝臣実方《さねかた》の墓を訪ねようとしている。「おくのほそ道」にも、

笠島はいづこさ月のぬかり道

という句を残している。笠島は墓がある一帯の地名だ。地図を見ると、名取駅から墓までは片道四キロメートルほどだった。往復で八キロメートル。この道を歩くことにした。

名取駅で降りたが、駅周辺は妙にさっぱりしていた。建てられて間もないような低層ビルがあったが、テナントは半分も入っていなかった。建物の前に名取駅周辺の再開発計画の説明看板があった。東日本大震災の津波は、この名取駅まで押し寄せていたのだ。海岸からはかなりの距離があるような気がしていたが、地図で確認すると七キロメートルもない。途中に津波をくい止める高台もなかった。芭蕉が歩いた道をたどる旅は、これから先、東日本大震災の被災地を進むことになる。福島県から宮城県に入ったが、名取駅でもう津波後の再開発に出合ってしまった。

仙台までの途中でどこか歩かなければ……と思いつつも、いまひとつ気が進まなかったのは、訪ねる先が中将藤原朝臣実方の墓だったからだ。実方が嫌いという意味ではない。その名前を聞いたこともなかったからだ。

僕の浅学ぶりを露呈してしまうのだが、僕はどちらかというと日本史より世界史派である。通っていた高校は、県立高校にしては珍しく、単位制をとっていた。受験しようとする大学に合わせた教科をとることができた。僕は高校二年まで理系志望で、国立大学も受験しようとしていた。当時の国立大学の理系の受験科目は、理科系が二科目、社会科系が一科目だった。僕は、理科系は物理と化学をとり、社会科系では世界史をとった。

高校三年になるとき、ずいぶん悩んで理系から文系に変わった。なんとなく成績で理系だと思っていたが、自分の資質のようなものを考えると、どうしても文系だった。となると、社会科系が二科目になる。僕は理科系が化学、社会科系が世界史と地理で受験した。国立大学の受験は失敗してしまったが。

受験勉強で身につけた知識や思考力は、かなりのものだと思う。その意味でいえば、僕は高校時代、日本史の勉強をほとんどしていない。その後、興味のままに日本の歴史の本も読んだが、やはり幕末や明治維新、戦国時代、江戸時代のものが多く、名取駅近くに墓のある中将藤原朝臣実方が生きた平安時代になると、かなり心もとないことになってしまう。資料を読むと、九九五年、藤原行成との間で事件を起こし、奥州、つまり東北に左遷される。その裏には、清少納言との三角関係があったともいわれている。書の名人でもあったそうだ。そういう内容を読んでもぴんとこないのだ。

芭蕉は、歌枕という名所にこだわって旅をしている。しかし三百年前の話である。その当時の名所となると、その由来はさらに遡っていってしまう。平安時代にたどり着いてしまっても珍しくない。しかしそこで、僕のなかには雲がかかってきてしまうのだ。

名取駅のコインロッカーに荷物を預け、西に向かって歩きはじめた。ふと道の脇にある表示を見ると、「実方通り」と書かれていた。地元では、かなりの有名人なのだろうか。なんだか僕自身の知識のなさが浮きたってきてしまうが、同行する阿部カメラマンに訊いても、実方という名前は知らないという。そうだよなぁ、と思いたいのだが、あまり大きな声ではいいづらいことだった。

芭蕉が実方の墓にこだわったのは、西行もその塚の前で一首を詠んでいるからだった。その内容は、東北まで左遷させられてしまった実方の心境に思いを馳せている。芭蕉もその心情に「おくのほそ道」を重ねたかった気がする。しかし雨で道がぬかるみ、疲れてもいた。墓を見ることはできなかった。それが句につながった。

しかし僕らにはグーグルマップという強い味方があった。墓までの道をしっかりと教えてくれる。東北新幹線の下をくぐり、歩道を進んでいく。一時間近くかかって墓に着いた。農家の裏手にある竹林のなかにあった。まあ、名前も知らなかったぐらいだから、その墓に思いを重ねようとしても無理がある。しかし遊行柳同様、こういう場所には、なにか不思議な空気が流れている。それがなんなのかいまひとつつかめずに、ただ竹林を眺めていた。

名取駅までの帰り道は単調だった。基本的には水田地帯にのびる面白みのない道である。行くときは墓をめざす目的があったが、それがない帰り道は飽きがくるのが早い。グーグルマップが示す道を無視し、未舗装の細い農道を進む。やがてその道はなくなり、畔道になってしまった。少し先にある高架を、東北新幹線の列車が、この世のものとは思えない速さで通りすぎていった。

「おくのほそ道」という道を歩く

名取駅から仙台に出た。仙台でも芭蕉は、

あやめ草足に結《むすば》ん草鞋《わらぢ》の緒《を》

というあやめの色あいが浮かぶような句をつくっているが、僕には気になる道があった。「おくのほそ道」だった。本のタイトルではなく、道の名前としてあるようなのだ。芭蕉がこの道の名を本のタイトルにしたのかはわからないが、その道を歩いてみたかった。

「おくのほそ道」にこんな記述がある。

——おくの細道の山際《やまぎは》に十符《とふ》の菅有《すげあり》。

その道の山際に、十符の菅があるという意味になる。符とは編み目のことで、十符の菅は編み目が十もあるきれいな菅がこのあたりでつくられていたということだろうか。この旅に出る前「おくのほそ道」に関する何冊かの本を読んだが、この道という道についてはあまり触れていない。曾良も備忘録に同じようなことを書いている。つまり、ヒントは「十符の菅」だけになってしまう。ここはその後、荒れ果ててしまったらしい。ある資料に東光寺という寺のあたりではないか、と書かれていた。これを頼りに行ってみることにした。

仙台から仙石東北ラインに乗って陸前山王駅で降りた。小さな駅舎を出、周囲を見まわした。それらしき道筋はみつからないが、駅前を走っている道を見ると適度に曲がっている。ぴんときた。千住大橋、遊行柳からの道……この曲がり具合、そして道幅は旧街道である。しかしどのあたりが「おくのほそ道」という道なのかがわからない。

旧街道を歩いてみた。道の曲がり具合から旧街道であることはわかるが、何本もの道が交わり、そこをトラックが走り抜ける光景からは「おくのほそ道」感は伝わってこない。三百年以上前の道の話だ。芭蕉にしても、この道を歩いて、「これぞおくのほそ道」などといっているわけではない。道を歩く人も少なく、そこはかとなく漂ってくる心細さのようなものが、「おくのほそ道」という名前とシンクロしただけのようにも思う。

しばらく進むと道が分岐し、そこにひとつの碑が建っていた。「ここがおくのほそ道」という文字が刻まれているのでは……と期待したが、それは新道の記念碑だった。左が旧道、右が新道だという。この記念碑は、大正十三年、一九二四年に建てられていた。だが新道といっても、いまの感覚では旧道にも映る。しかしこういう碑を目にしてしまった以上旧道を進むべきか……と悩む。というのも、今日はすでに中将藤原朝臣実方の墓を往復していて八キロメートル近く歩いている。これ以上歩く必要はなかった。なんとなく、「おくのほそ道」を歩いてみたいという軽い乗りで陸前山王駅で降りてしまった。しかし駅前に旧街道が走っていて、その曲がり具合を目にすると、歩かなければいけないような気分になってしまう。これが芭蕉マジック？　旧街道効果？　なんとなくぶらぶらと歩いて、分岐の碑まできてしまった。すでに一キロメートルぐらい歩いているかもしれない。

地図を見ると、壺碑までそう遠くなかった。多賀城碑ともいう。芭蕉も訪ね、「泪《なみだ》も落《おつ》るばかり也」と「おくのほそ道」に綴っている。ここまできたら、訪ねるのが筋だろう。グーグルマップで見ると、旧道、新道ともに壺碑近くを通る。すでに午後四時をまわっていたが、訪ねてみることにした。

壺碑がある一帯は多賀城跡と示されていた。城跡という文字を目にすると、戦国時代や江戸時代の城が頭に浮かび、多賀氏という武将がこのあたりに……と考えてしまうのだが、時代はぐんと遡って奈良時代になってしまう。陸奥国の国府がここに置かれ、いまも発掘中だった。観光パンフレットによると、奈良の平城京跡、福岡の太宰府跡と並ぶ日本三大史跡なのだという。

中将藤原朝臣実方の墓もそうなのだが、芭蕉の旅を追っていくと、時代が奈良時代や平安時代に飛んでいってしまうことがある。歌枕という名所を芭蕉が訪ねていったからで、歌枕はその時代にルーツをもつものが多かった。

先に紹介したような、

行春《ゆくはる》や鳥啼魚《とりなきうを》の目は泪《なみだ》

のように、歌枕と縁がない句は比較的わかりやすい。しかし奈良や平安といった時代がからんでくると、なにかしっくりとこなくなってしまう。それはいまという時代のなかで旅をしているからなのだろうが。

壺碑は木造の東屋のような建物のなかに置かれていた。格子で囲まれ、触ることはできなかった。薄暮のなか、刻まれた文字に目を凝らす。「去京一千五百里、去蝦夷」といった文字が読みとれる。芭蕉はいったん塩釜まで行き、この碑を見るために戻っている。往復で六・二キロメートルほどになる。そこまでして見る価値があるものだったのか、僕にはよくわからない。

「おくのほそ道」にも、

壺碑《つぼのいしぶみ》　市川村多賀城《いちかはむらたがじやう》に有《あり》

という句なのか、記録なのかわからない文が載っている。

松島の絶景を前に芭蕉の苦悩を想像する

多賀城からいったん東京に戻った。仙台からは新幹線に乗った。一時間半ほどで東京駅に着いてしまった。わかっていたこととはいえ、「おくのほそ道」の世界に身を沈めていると、新幹線は速すぎる。体内時計がうまく働いていない感覚が、東京駅を歩きながら伝わってくる。

約三週間後、再び仙石東北ラインに乗った。国府多賀城駅では降りず、そのまま塩釜駅に出た。

ここから鹽竈《しおがま》神社を経て松島湾をめぐる船が出るマリンゲート塩釜まで歩くことにしていた。一日一時間は歩く……。今日は船や列車が多くなりそうだった。このミッションは朝にすませてしまおうと思った。

神社名で気づいたと思うが、駅と神社では別の漢字を使う。ついでにいうと市の名前は塩竈市と書く。文章を書く人間として、これはやっかいだった。使い分けなくてはならないのだが、それ以前に、竈の字を書くことができない。いったい何画あるのかもわからない。

パソコンで原稿を書く人は、ネットの表記からコピーペーストすればいいが、困ったことに僕は手書き派だ。原稿用紙をシャープペンで書いた文字で埋めていく。神社の鹽竈となると天を仰ぎたくなってしまう。細かいところまで正確に書こうとすると、倍ほどの大きさが必要になる。誰にいったらいいのかわからないが、できれば漢字は塩釜に統一してほしい。塩竈市民も実際は塩釜と書いているという。そういうことではまずいと塩竈市のホームページでは、竈の正しい書き方を伝えているというが。

ところがここにきて、市のホームページへのアクセスが急増しているという。理由は「鬼滅の刃」だった。主人公は竈門《かまど》炭治郎《たんじろう》で、竈の字が使われていたからだ。しかし「鬼滅の刃」ファンのどのくらいの人が、手書きで原稿を書くだろうか。書いてみたいという思いはわからないではないが、仕事として竈を書いている人もここにいることを少しは気遣ってほしい。

鹽竈神社は敷地の広い立派な神社だった。マリンゲート塩釜に向かおうと東参道をおりていくと、住宅街に出る手前に、芭蕉と曾良が泊まった宿があった場所という案内板があった。曾良旅日記にはこう記されている。

——宿、治兵へ。法蓮寺門前、加衛門状添。銭湯有ニ入。

しばらく進むと、また案内板があった。

「芭蕉船出の地」

読むと、芭蕉はこのあたりから松島をめぐる船に乗ったようだった。当時の海岸線がいまより内陸側にあったのだろう。鹽竈神社のある小山をくだったあたりから、急に芭蕉の密度が濃くなっていくような気がした。芭蕉の街といった雰囲気が伝わってくるのだ。

マリンゲート塩釜の建物を入ろうとすると、入り口にやや小さい芭蕉像が建っていた。そして僕らが乗った船には、「芭蕉コース巡り」と書かれていた。

塩竈市や松島一帯の観光にかかわる世界は、芭蕉のネームバリューを最大限に使ってテンションをあげていた。それは芭蕉には縁のないことだが、彼自身、「おくのほそ道」のハイライトは松島あたりと思っていたように思う。『芭蕉——その人生と芸術』（井本農一著、講談社現代新書）には、芭蕉の手紙が紹介されている。「おくのほそ道」の旅に出る年のものだ。

——弥生に至り、待佗《まちわび》候塩竈《しほがま》の桜、松島の朧月、あさかの沼のかつみふくころより、北の国にめぐり、秋の初、冬までには、みの・おはりへ出候。（後略）

「おくのほそ道」の旅をこう伝えているのだ。松島がその後、まるで芭蕉観光地のようになったことは、それほど違和感はない。それよりも気になるのは、「おくのほそ道」の山場と思っていた松島で、芭蕉は句ができなかったことだ。

島〳〵や千々にくだけて夏の海

という句はできたが、なにか気に入らず、「おくのほそ道」には載せていない。代わりに記されているのは、

松島や鶴《つる》に身をかれほとゝぎす

という曾良の句だ。松島の美しい風景のなかでは、ホトトギスも鶴の身を借りて飛んでいく……といった意味だろうか。しかし僕にはなにかぴんとこない。研究者

によると、鴨長明の『無名抄』のなかにある「千鳥もきけり鶴の毛衣《けごろも》」という歌が下敷きになっているのでは？ というのだが。そういう古典の世界に入り込むと、僕はどう評価したらいいのかわからなくなってしまう。句が伝える光景からみれば、芭蕉の句のほうにリアリティーを感じてしまう。

なぜ句ができなかったのだろう。

そんなことを思いながら船に乗り込んだ。五十分ほどで松島海岸駅に近い桟橋に向かう。料金は千五百円だった。

船は小島の間を縫うように進んでいった。東日本大震災の津波はこの松島にも押し寄せていた。斜面が崩落した小島もあるという。この船に乗り込んだマリンゲート塩釜への通路は、高さ十六メートルほどの歩道橋のようになっていた。津波に襲われたときの避難スペースにもなっていた。約五百人を収容できるという。このあたりを襲った津波は四・七メートルの高さに達したという。

しかし塩竈市は、陸前高田市や南三陸町のような壊滅的な被害は受けなかった。半島や小島が津波のエネルギーを吸収してくれたのかも……という人もいる。

松島の島々にしても、そこに人が住むほどの規模ではない。僕はこの島々を見るのがはじめてだったので、津波で崩落したところがあるといわれても、比べようがない。仮に以前、松島を訪ねていたとしても、松島は一見、同じような島が続く。じっくり眺めれば、形も大きさも違うが、動く船から眺めると、細かいところまで記憶するのは難しい。それほど島が多いともいえるのだが。

船から島々を眺めながら、そんなことをぼんやりと考えていた。僕が見ている松島は、芭蕉が目にしたものとあまり変わらないのかもしれない。

句ができない……なんとなくわかるような気がした。たしかに小島が続く松島はみごとな風景なのだろうが、それは多くの人々が目にしている。そして、多くの歌が詠まれている。芭蕉にしても、ここを山場と考えているのだから、先人が詠んだものよりもいい内容でなくてはならないと思うだろう。それはかなりのプレッシャーのはずだ。訪ねる人が少ない場所で詠む句とは違うのだ。

——予は口をとぢて眠《ねぶ》らんとしていねられず。

と芭蕉は「おくのほそ道」のなかで書いている。句がつくれず、眠ろうとしたがねられない、という意味である。その代わりという意味なのかはわからないが、松島の描写は丁寧だ。文字量も多い。研究者のなかには、句ができなかったのではなく、松島の絶景に興奮し、夜も眠ることができなかったと解釈すべきという人もいる。つまり、句ができないほどみごとだ……というわけだ。なんと表現したらいいのかわからない、といった感覚だろうか。

たしかにそうなのかもしれない。しかし、これは本を書く人間の勘なのだが、芭蕉はやはり句ができなかった気がする。東北といったら松島なのだが、知られた名所であればあるほど、さまざまな作品が残されている。それよりもいい句……というのは難しいのだ。そのあたりが、芭蕉がまだ、旧態依然とした俳諧から完全に自由になっていない部分でもあるかと思う。

島〳〵や千々にくだけて夏の海

この句はなかなかいい句だと思う。曾良の句よりは僕好みである。暑い夏の海に点在する島々という情景がはっきりと浮かんでくる。芭蕉はかなり悩んだ気もする。そして「おくのほそ道」には、やはりこの句は載せなかった。

船は松島海岸駅に近い桟橋に着いた。何隻もの船が係留されていた。それに乗る団体客が列をつくっていた。一帯は塩竈以上の芭蕉タウンだった。正面には瑞巌寺の参道が見えた。この寺についても芭蕉は「おくのほそ道」のなかに詳しく書いている。

駅に向かおうとすると、「松尾芭蕉翁旅宿月見之館」という碑。そこに松島玉手箱館というビルが建っていた。食堂や土産物屋が入っている。たしかに「おくのほそ道」にこう記されている。

――江上《かうしやう》に帰りて宿を求《もとむ》れば、窓をひらき二階を作《つくり》て、風雲の中に旅寐《たびね》するこそ、あやしきまで妙《たへ》なる心地はせらるれ。

はたしてその宿が月見之館だったのかどうか。観光地というものは、そういう流れになってしまうものらしい。

大震災の爪跡が残る地を北へ

松島海岸から列車で石巻に向かう。ぼんやりと車窓を眺めていると、阿部カメラマンから声をかけられた。

「これ、震災後につくられた防潮堤ですよ」

列車の側から見ると、単に線路脇につくられたコンクリートフェンスのようにも見えた。海岸から見ると、かなり高い防潮堤なのかもしれない。

カメラマンの阿部氏は、岩手県の出身だった。震災以降、定期的に被災地をめぐり、写真に残していた。ここからしばらくは、彼が水先案内人になった。芭蕉と曾良が歩いた道は、被災地と重なっていた。

石巻駅から日和山公園に向かった。標高六十メートルほどのこの山は海岸に近い。震災のときは多くの人が避難した場所だった。頂から海の方向を眺める。震災前の写真と比べてみると、変わらないのはイチョウや松、奥に見える橋ぐらいだろうか。眼下を埋めていた家々は、みごとに津波に流されてしまった。あれから九年の年月がたっていた。幅の広い道がつくられ、新しい建物も姿を見せはじめていた。しかしいまだ復興の工事は道半ばだ。

日和山公園には芭蕉と曾良の像があった。曾良旅日記には書かれていないが、石巻を訪ねたふたりは日和山にものぼっていると思う。大伴家持が、「黄金花咲く」と詠んだ金華山を眺めるつもりだったと思う。「おくのほそ道」にも、

——「こがね花咲《さく》」とよみて奉《たてまつり》たる金花山《きんくわざん》、海上《かいしやう》に見わたし、(後略)

と書かれている。しかし研究者によると、日和山公園から金華山は見えないという。手前の半島が視界を遮っているのだ。しかし芭蕉はなんの疑問ももたない筆致で「見わたし」と書いている。事実と違うところは、「おくのほそ道」にはときどき登場する。この本がガイドブックというより読み物だといわれる理由はこのあたりにもあった。

震災がなかったら、日和山公園の頂から、見えない金華山の方向に、視線を向ける芭蕉に思いを馳せることもできたかもしれない。しかし、芭蕉の旅に浸るには、震災からの年月が短すぎた。日和山公園から海まで広がる平地は、まだ被害の生々

しさが横たわっていた。一見、整った一画になったようにも映るのだが、目を凝らすと妙なことがいくつかあった。どうしてここに寺があるのだろう。イチョウの木が立つ位置が不自然じゃない？　石巻はまだ復興のなかだった。

石巻駅から列車で柳津《やないづ》に向かった。芭蕉は石巻から北上川に沿った道を進み、柳津を経て登米《とめ》に出ていた。海岸を離れ、内陸の平泉へ向かったわけだ。僕らもそのルートをたどりたかったが、鉄道はなく、バス路線を探すことになる。

石巻市と登米市の路線バスを調べていく。そこで登場してきたのは、市民バスとか住民バスと呼ばれるバスだった。民間のバス会社の路線バスのほかに、もうひとつのバスが生まれていた。調べてみると、かつては民間会社がバスを運行させていたが、人口が減り、マイカーが増えていくなかで採算割れに陥ってしまった。しかし路線バスには、公共の乗り物という役割があった。車の運転が難しい老人の病院への足……。赤字になっても消えない責任があった。そこで行政との協力体制を模索することになる。市町村とタクシー会社が手を組むケースも出てくる。運賃を割り引いたり、定額にして負担を減らす。赤字分は行政側が補塡する。

石巻市や登米市には、そんなタクシーもあったが、市民バスもあった。これまでのバス会社に行政側が運行を委託する形をつくり、バス路線を維持していた。石巻から登米まで、そんなバスを乗り継いでいけば、芭蕉が歩いた道に沿って進めるかもしれなかった。バス路線をたどっていくのはなかなか難しい。時刻表を検索し、バス停名を地図のなかから探していく。しかしいくら地図を眺めても、石巻市から登米市まで、北上川に沿って走るバスはなかった。石巻市側から市民バスで登米市方面に向かい、終点から歩き、登米の市民バスに乗るという方法も探ってみた。しかし北上川に沿って走るバス路線がなかった。石巻と登米を結ぶ特急のような路線はみつかった。市役所に訊いてみると、「登米の方が石巻の病院に通うときに使われるようです」と教えてくれた。しかしそのルートも、北上川沿いではなかった。

そんなバス路線探しの試行錯誤を繰り返した結果、ひとつのルートが絞られてきた。

石巻駅から石巻線を走る列車に乗って前谷地《まえやち》駅へ。そこで気仙沼線に乗り換えて柳津駅に出る。そこから登米市民バスに乗り、登米の中心街に向かうルートだった。

北上川に沿ったルートにこだわると、登米で一泊することになる。朝、一関方面に向かうバスに乗り、登米市と一関市の境界は歩いて越え、一関市の市民バスを乗り継いでいくという方法もとれそうだった。しかし市民バスは朝と夕に一本ずつといったタイムテーブルになっている路線もあり、かなりの時間がかかりそうだった。

どれだけ芭蕉が歩いたルートにこだわるかという問題だった。そこに東日本大震災の被害もからんできていた。石巻駅で列車に乗ったとき、すでに日は落ちていた。前谷地駅で乗り換えた気仙沼線の列車は、帰宅する高校生で混みあっていた。そして乗客全員が柳津駅で降りた。気仙沼線の終点が柳津だった。

気仙沼線というぐらいだから、かつては気仙沼方面まで列車は走っていた。だがその線路やいくつかの駅を震災の津波が流失させてしまった。その後、ＪＲは復旧を断念する。もともと気仙沼線は赤字路線だった。一九七七年に開通した路線だったが、当時の国鉄は、大赤字になることがわかっている路線の引きとりに難色を示すなど、苦しい開通だった。そこに津波が追い討ちをかけることになってしまった。

しかし気仙沼線は、公共交通としての役割がある。そのため、柳津から先は、かつて線路だったところをバスが走るというBRT方式になった。バス・ラピッド・トランジットの略だという。石巻駅で切符を買うとき、柳津駅より先の運賃も掲示されていた。一瞬、柳津から先へも列車が走っているように思えるのだが、それはバス路線だった。

柳津駅で降りた。すでに日は暮れ、あたりを暗闇が包んでいた。ホームから先のほうを見ると、そこだけ明るく照らされた場所があった。脇には小さな駅舎のような建物が見えるが、その前には線路のない道が見える。建物は駅舎ではなくバスの待合室なのだろう。

僕らが乗ろうとしていたのは登米の市街地に向かう市民バスだった。JRが運営するBRTとは違う。バス停を探した。駅前広場に面してバス停がぽつんと立っていた。

事前に調べた時刻表では、登米市街に向かうバスは一日四本。最終のバスに間に合うはずだった。その時刻を確認したいのだが、暗くて時刻が見えない。見るとバ

ス停に電気スタンドのようなものがとりつけてある。横にあるスイッチのようなものを押すと、

「おーッ」

とつい声が出てしまった。光量は少ないが、時刻表が浮きたち、時刻がわかる。どうも太陽電池のライトのようだった。しかし三十秒ほどで電気が切れてしまうと、あたりは再び暗闇につつまれてしまった。

「ここで三十分か……」

縁石に腰をおろし、周囲を見まわす。背後には駅の公衆トイレがある。駅前広場には車や人の気配がない。広場の先に道があるようで、ときおり車が通りすぎていく。夜のバス停というものは不安なものだ。市街地なら周囲に灯もあり、人の気配がある。しかし地方に出、人家も少ない道端に立っていると、バスが現れなかったら今晩は……と思ってしまうのだ。たぶんその不安は、ほかの人より強い気がする。僕はアジアや発展途上国を歩くことが多い。バス停に時刻表が貼りだされていることはまずない。いつバスがくる？　近くにいる人に訊きながら待ち続ける。結局、

バスが姿を見せなかったことは何回もある。

ここは日本だから、そんなことはない……と自分にいい聞かせても、アジアの路上で刷り込まれてしまった不安は、トラウマのような塊になって心のなかを占めていた。

広場の先の道を走る車につい目がいってしまう。少し早く到着して、ここで時間調整をする可能性もあるなぁ……などと腕時計を見てしまう。

運行を請け負っているのはミヤコーバスだった。定刻にやってきたバスを目にしたとき、「やはり日本はすごい」などという言葉が出そうになっていた。

バスはこちらの思いをなにも知らないかのように、普通に発車した。運転手は女性だった。乗り込んだとき、僕ら以外の乗客は誰もいなかったが、三つ目のバス停でおじさんがひとり乗り込んできた。乗降口の上にある運賃掲示板には「100円」と書かれた紙が貼ってあった。一律百円ということらしい。市民バスは行政が運営する形をとっている。ある種の市民サービスバスでもあった。

僕は、登米市には住民税も払っていない。こういう旅行者が百円というお得運賃で乗っていいのかとも思うのだが、どうしても安いほうになびいてしまう性格で、「まあ、百円でいいっていうんだし……」などと勝手な拡大解釈でバスに乗り続けてしまった。

バスは人通りがほとんどない登米市内をくねくねと走り続けた。いったいどこを走っているかもわからない。四十五分ぐらいかかっただろうか。登米市の中心にあるミヤコーバス佐沼営業所に着いた。

この営業所はちょっとしたバスターミナルのようになっていた。時刻は夜の七時少し前だった。

ベンチに座って少し悩んだ。選択肢はふたつだった。登米市内に泊まり、若草園という福祉施設が終点のバスに乗る。そこから三十分ほど歩いて一関市に入り、市民バスを乗り継いで一ノ関駅に向かう。市民バスは本数が少ないから、一日がかりかもしれない。

もうひとつはミヤコーバス佐沼営業所から石越駅に出、そこから東北本線で一ノ関駅まで出る方法だった。市民バスは夜の七時台が最終だが、東北本線は遅くまで列車が走っていた。

大田原市役所を思いだしていた。同じような時間帯だった、すでに暗い。いまいる場所に泊まると日程が一日遅れる。だからといってどうということはないのだが、なぜか気が急くのだ。バスも列車もあるのだから、もう少し先まで行こうか……という感覚である。

ミヤコーバス佐沼営業所から石越駅へ向かうバスはもうすぐ出る。おそらく市民バスだから運賃は百円だろう。乗ってしまった。一ノ関駅には九時少し前に着いた。

鳴子温泉を通り尿前の関を越える

一関から平泉に向かった。芭蕉はこの旅に出る前、松島を山場にと思っていたらしいことはすでに触れた。しかし、「おくのほそ道」に記された句のなかで、後に多くの人の目にとまるのが次の三句だと思う。

夏草や兵《つはもの》どもが夢の跡

閑《しづか》さや岩にしみ入蟬《いるせみ》の声

五月雨《さみだれ》をあつめて早し最上川

この三句は順に、平泉、立石寺、最上川で詠まれている。平泉を訪ねたのは六月二十九日、立石寺が七月十三日、最上川が七月十九日。太陽暦の日程だ。「おくのほそ道」という本は、旅を終えてから書かれているので、句そのものが、この日につくられたわけではないが、着想は現地である。「おくのほそ道」を有名にした句は、六月末から七月中旬の間に生まれている。いってみれば、「おくのほそ道」の山場はここになる。

もっともそれは後の人たちのセンスであって、芭蕉の感性とは違う。芭蕉が本当に気に入っていた句かどうかもわからない。

しかし芭蕉の歩いたルートをたどる旅に出ている身としたら、ついにその場所にきたな……という思いはある。だからといって、足どりが変わるわけではないのだが。

一関から平泉までは、歩いてみようかとも思っていた。グーグルマップで中尊寺までの距離をみてみると八・八キロメートル、所要一時間五十一分と出てきた。一日一時間歩くというミッションにしたら少し長かった。一ノ関駅と平泉駅を結ぶのは東北本線である。途中に山ノ目という駅がひとつあった。ここで降りて平泉まで歩くことにした。約六・六キロメートル、一時間半ほどの道だった。

山ノ目駅は無人駅だった。ホームに降りると、車掌さんが僕らに気づき、慌てて駆けてきた。おそらく乗降客はめったにいない駅なのだろう。山ノ目駅から平泉に向かう道はひとつしかなく、たぶん芭蕉もここを歩いたはずなのだが、トラックが我が物顔で通りすぎる道だった。少し静かな道……北上川の土手の上の道を歩いた。朝のウォーキングや犬の散歩の老人たちの道だった。

中尊寺をめざしてひたすら歩く。前日は塩釜駅からマリンゲート塩釜まで歩いていた。意外に疲れは残っていない。歩き旅体質にちょっと近づいているのかもしれない。一日、一時間ほどなのだが。

平泉の中心を抜け、中尊寺のバス停近くまでやってきた。目の前に三角形の公園があった。弁慶の墓といわれる場所だった。ここから中尊寺まで行く？　僕は迷っていた。平泉といえば中尊寺であり、源義経なのだが、僕らは芭蕉をたどる旅だった。芭蕉は中尊寺の金色堂、高館、桜川など主だった名所をまわっている。なにしろ荷物を一関の宿に置いた日帰り日程。身軽なのだ。きっと足どりも軽かったのに違いない。別に芭蕉に倣ったわけではないが、僕らも一ノ関駅前のビジネスホテルに荷物を預けていた。同じように身軽だったのだが、脚力が違っていた。

「芭蕉が句をつくったのは高館なんだよな」

僕らがいる所は、中尊寺と高館のなかほどだった。どちらに行くにも、二十分ぐらいは歩かなくてはならない。中尊寺にまず向かい、さらに高館となると一時間は歩くことになる。僕は平泉を訪ねるのははじめてだった。ほとんどの人は中尊寺の金色堂に向かう。

「高館へ行こう」

阿部カメラマンに声をかけた。彼は平泉を何回か訪ねていた。

「金色堂の螺鈿細工を見なくていい……？」

と阿部カメラマンはいいかけ、途中で口を閉ざした。僕の性格を思いだしたのだろうか。

彼とはさまざまな国を訪ねているから、僕の旅をよく知っていた。有名な観光地にあまり興味を示さないというひねくれた性格も知っているカメラマンだった。日光で華厳ノ滝については一切触れず、裏見ノ滝といういってみればマイナーな滝で一句詠み、それを「おくのほそ道」に載せるのが芭蕉だった。そのときに彼から、

「そういうとこって、下川さんによく似てますよね」

といわれてもいた。あえて有名観光地を避けるつもりはないが、ときとして、中尊寺と高館という選択になり、中尊寺が落ちていってしまうのだ。

だからというわけではないが、高館はなかなかよかった。バス停から高館へ向かう道は、はっきりとした旧街道だった。道の曲がり具合が、現代の道とは違う。道に沿って古い家々が連なっていた。高館は、団体の観光客の姿もなく、訪ねる人も

少なかった。入場料を払い、少し坂をのぼると小山の尾根に出た。眼下には蛇行して流れる北上川が見えた。深呼吸をしたくなるような場所だった。

夏草や兵《つはもの》どもが夢の跡

芭蕉らしい句だと思う。高館からは北上川がゆっくり流れる平地を一望することができた。もしここに陣を張ったら、眼下での闘いが手にとるように見える場所だ。映画のシーンを思いだすように眺めると、あの時代が蘇ってくるような気になる。しかし芭蕉の研究者はさらに深く読み込む。山本健吉は、この句に自分の人生を重ね合わせているのではと語っている。若い頃、自分が抱いた夢もあったが、いまはこうして旅を続けている……と。そう考えるとたしかに句に深みが増す。

平泉から路線バスで一関に戻った。乗ったのは市民バスではなかった。市民バスというのは、利用客が少なく、採算がとれない路線に行政の予算を使って運行させているものだ。平泉一帯は知られた観光地である。一ノ関駅には新幹線も停まる。

そこからバスで平泉に向かう観光客もいる。こういう路線は市民バスは走らない。一関までのバス代は三百七十円だった。地元の人向けの割引料金があるのかもしれないが。

芭蕉は一関から南西に二日間歩いて鳴子・尿前《しとまえ》方面に抜けていた。距離も長く、ひたすら歩いた感がある。その道を進みたかったが、交通の便はよくなかった。一関から鳴子に行く場合、JRなら東北本線でいったん南下し、小牛田《こごた》駅から陸羽東線という乗り継ぎになる。新幹線で古川駅で乗り換える方法もあった。なんとか芭蕉のルートに近づけたい……いろいろと調べていくと、また市民バスの世界に入り込んでいくことになった。一関市から鳴子へ行く途中には大崎市と栗原市がある。そのふたつの市の市民バスの乗り換えを考えていかなくてはならない。いくつかの時刻表を見比べ、栗原市の市民バスの築館一関線と、大崎市の市民バスの古川線を乗り継ぐことができそうだった。乗り換えバス停は栗原中央病院である。

一ノ関駅前はバスターミナルのようになっていた。いくつかの路線の始発バス停になっていた。隅から築館一関線のバスを探した。しかしそれらしき表示はどこにもなかった。

「市民バスは別のバス停？」

駅前にあった案内所で訊いてみた。

「栗原中央病院？」

すぐに教えてくれた。通常のバス停の脇に小さく築館一関線と書かれていた。本数も一日五本しかないから、ひとつの独立したバス停を設置するほどではないのかもしれない。栗原市民が乗るバスである。外部の人にわかりやすい表示を掲げる必要もない。

百円——。

バスはすでに停まっていた。乗り込むと料金が大きく書いてある。小さくなって椅子に座りたい気分だが、市民バスはすいている。乗客が少ないから、行政からの補助を受けて運行しているわけで、そこに乗り込む外部の客は身の置き所に困る。

いくら乗車していいといわれても。

空が高い小春日和だった。バスが走る一帯は秋一色だった。木々が一斉に色づき、その向こうに見える奥羽山脈の山頂付近は雪をかぶっていた。もうそんな季節なのか。今夜、この山脈を越えるつもりでいた。夜になるとかなり冷え込むのだろうか。

バスが着いた栗原中央病院は立派な病院だった。いまの地方都市は、人口の流出を防ぐために、高度な設備をもった病院をつくるという話を聞いたことがある。高齢化が進む住民にしたら、医療設備の充実はありがたいことなのだろう。

市民バスはそんな流れに呼応しているかに見えた。住民が病院に行きやすい交通網……それを突き詰めていくと、病院のバスターミナル化に結びついていく。市内を走る市民バスの拠点を病院にしてしまうわけだ。

栗原中央病院の前にはいくつかのバス停が並んでいた。僕らはここから、古川駅前まで、大崎市の路線バスに乗った。運賃は百円の市民バスだったが、このバスの終点は、古川駅前の先の大崎市民病院だった。病院と病院をつないでいるのだ。

芭蕉が生きた時代に比べれば、日本人の寿命はずいぶんのびた。芭蕉は「おくのほそ道」の旅を終えた後、京都や故郷の伊賀などに滞在し、江戸に戻る。「おくのほそ道」などを執筆し、一六九四年に京都、大坂に向かう。大坂で発病し、亡くなっている。五十一歳だった。

江戸時代の平均寿命は三十歳から四十歳だったといわれている。乳幼児の死亡率や災害、疫病などが原因といわれる。しかし、二十代から三十代まで無事に生きたら、六十歳ぐらいまで生きた人も多かったようだ。五十一歳で死亡した芭蕉は、まあ、平均的な寿命とも思うが、それから三百年後、芭蕉が歩いた道の近くを走るバスが、病院と病院を結ぶようになるとは思ってもみなかったはずだ。

芭蕉が歩いた道により近いルートを進もうとすれば、栗原中央病院あたりから、さらに南西に向かうことになる。しかしそのルートのバスはなく、古川駅から陸羽東線を走るローカル列車に乗った。車窓から眺めていると、ずんずん山が近づいてくる。奥羽山脈に分け入っていく路線である。

鳴子温泉駅のホームにおりると、イオウのにおいが流れてきた。温泉である。改札を出たところには足湯があった。中年の女性たちが足を浸し、にぎやかな笑い声が響いている。本音からいえば、足湯に足を入れたかった。本心をいえば、温泉に浸かりたかった。朝、平泉まで一時間以上歩いていた。そこから路線バスや列車を乗り継いできた。晩秋のひんやりとした雰囲気が谷あいの温泉を包んでいる。

しかし「おくのほそ道」にはこう書かれている。

――小黒崎《をぐろさき》・みづの小島《をじま》を過《すぎ》て、なるごの湯より尿前《しとまへ》の関にかゝりて、出羽《では》の国に越《こえ》んとす。

なるごの湯というのが鳴子温泉である。つまり、鳴子温泉を通って尿前の関に向かっているのだ。通過である。曾良旅日記も見てみた。芭蕉はときどき、事実とは違うことを書いているからだ。しかし、そこには「川向ニ鳴子ノ湯有」と書かれているだけだ。「川向ニ」……つまり、対岸に温泉があるわけで、ふたりは温泉に入っていない。普通なら、やっと今日はここまできたんだから、ひとっ風呂……となるところなのだが、黙々と歩いてしまうのである。温泉が嫌いというわけではない。ふたりはやはりストイックだった。

ふたりには気がかりもあった。尿前の関である。芭蕉と曾良が旅をした時代、関所や番所があった。いま風にいえばチェックポイントということになるだろうが、当時の記録を読むと、関所を通った後、両替をしていることがある。新しい藩に入ると藩のなかだけで流通していた補助的な通貨が必要だったようだ。関所や番所は、海外の国に入国するときのイミグレーションのような存在と思えばいいのかもしれない。

幕府が設置したものがおもに関所で、各藩がその境につくったものが番所ということになっていた。幕府は番所を設けることを禁じていた時期もあったようだが、実際は、多くの番所があり、旅人にしたら、関所よりこの番所を越えることのほうがやっかいだったといわれる。

番所は、もち出し禁止の物産をとり締まったり、いまでいう税金にあたるものを徴収したりした。国境のイミグレーションや税関というものはいまでもそうなのだが、なにかと難癖をつけてくるものだ。僕がよく向かう東南アジアの国境では、いまだに丁々発止を繰り返している。とくにカンボジアの国境は難物で、架空の健康チェックで手数料をとられたり、ビザ代の支払い通貨を意図的に変えて換算をややこしくして小銭を稼ぐという小ワザをジャブのように打ってくる。なかなか気が抜けない。江戸時代の番所というものも、五十歩百歩だった気がする。

鳴子温泉の先に尿前の関があった。そこを通った芭蕉は、「おくのほそ道」にこう記している。

——此路旅人稀《このみちたびびとまれ》なる所なれば、関守《せきもり》にあやしめられて、漸《やうやう》として関をこす。

なにがあったのかはわからないが、ようやく番所を越えたわけだ。尿前の関は仙台藩の番所である。その噂は芭蕉らの耳にも入っていたはずで、番所の前に温泉気分でもなかったのかもしれない。

鳴子温泉から中山平温泉まで歩くつもりでいた。旅に出る前、鳴子温泉郷観光協会のサイトを見ていると、「おくのほそ道」という道が掲載されていた。さらに詳しく見ると、山道や斜面に丸太を渡した階段状の道の写真が出てきた。これまでも、芭蕉が歩いたであろう道の一部を歩いてきたが、どれもアスファルトの道だった。芭蕉の時代は舗装などなかったわけで、より忠実に整備されているのが、鳴子温泉から中山平温泉に向かう道のような気がした。

芭蕉らは尿前の関が気がかりだったかもしれないが、僕らが気にしていたのは日没だった。鳴子温泉駅に着いたのは午後の四時少し前だった。十一月の東北。日が落ちるのが早い。夕方の五時半ぐらいになるとかなり暗くなってくる。それまでに、山道のような「おくのほそ道」を越えたかった。

鳴子温泉駅前の足湯に後ろ髪を引かれつつ、道に沿ってやたらとこけしの多い温泉街を歩く。やがて鳴子温泉の入り口を示している大きなこけしをすぎると、トラックが行き交う国道に出た。その道を急ぎ足で進む。空は少しずつ色を失いはじめていた。二十分ほど進むと、左手の小山の麓に小さな集落が見えてきた。国道から脇道に入っていく。小石が敷かれた集落の道を進み、坂道をのぼると、尿前の関跡があった。その前が落ち葉に埋まった道になっていた。山道というより、遊歩道と思えるほどの幅がある。その道を五分ほど歩くと、登山道のような道になった。江戸時代の人は、こんな道を歩いて峠を越えていったのだろうか。ときどき石仏のある斜面をのぼっていく。すでにすっかり日が落ち、坂道の両側の杉木立が黒いシルエットのように映る。二十分ほどのぼると国道に出た。ときおりトラックが通りすぎる。ライトが眩しい。ここから「おくのほそ道」は、さらに山に分け入っていくようなのだが、その入り口がみつからない。

すでにすっかり暗くなっていた。仮に道がみつかったとしても、まっ暗な山道のような道を歩くことになる。車が走る国道に沿って進むことにした。しかし街灯は少なく、歩道は足許が見えないほど暗い。しだいに言葉も少なくなっていく。

一時間ほど歩いただろうか。そのとき、芭蕉が五月半ばに旅に出た理由にやっと気づいた。旅の終わりは正確にはわからないにしても、ざっくりとした日程は頭のなかにあったはずだ。九月の末には旅を終えている。暑い季節に歩いたことになるが、同時に日が長い時期でもあった。当時の街道は、いまとは比べものにならないほど暗かった。電気がない時代なのだ。夜の道は危険でもあった。追い剝ぎと呼ばれた盗賊もいただろうし、道によっては狼も出た。

少し前になるが、芭蕉は中将藤原朝臣実方の墓を訪ねようとしている。しかし、みつからなかった。曾良の記録によると、どうも日が暮れてしまったかららしい。暗くなってしまうと、訪ねようとした場所もみつからなくなる。芭蕉が「おくのほそ道」の旅を五月にはじめたのは、日の長さを計算してのことだったのだ。そこまで読み込まず、「おくのほそ道」の上っ面をなめただけで旅に出た僕らは、十一月に奥羽山脈を越えるという日程を組んでしまった。

暗い夜道をとぼとぼ歩く。木々の間に、温泉宿らしい建物の灯が見えてきたときはほッとした。しかし中山平温泉は、宿が一ヵ所に集まっているタイプではなかった。林のなかに点在している高原リゾートのような温泉郷だった。中山平温泉駅までは、さらに三十分も歩かなくてはならなかった。

静寂に包まれた立石寺のいま

中山平温泉駅を夜の八時すぎに出る最終の列車で、新庄に出た。翌日は立石寺に向かうことにしていた。

芭蕉とはずいぶん違うルートをとらなくてはならなかった。芭蕉は中山平温泉駅からひと駅新庄寄りの堺田駅近くから山刀伐《なたぎり》峠を越える道を選び尾花沢に出ている。尾花沢には十日ほど滞在し、そこから立石寺、大石田、新庄を経て最上川をくだっている。この周辺の基点は尾花沢なのだ。

芭蕉が特別に尾花沢を気に入ったというより、ここでは清風という商人の世話に

なっている。「おくのほそ道」にも、

――かれは富《とめ》るものなれども志《こころざし》いやしからず。

と紹介している。尾花沢一帯は紅花の産地だった。ここで摘まれた紅花は、発酵させ、紅餅というものになった。これが京に運ばれ、さらに加工され、口唇に塗る紅になった。清風はその商人だった。清風は俳句もつくり、彼が編集した句集には芭蕉の句も載せていた。尾花沢では世話になることは旅の前から決めていたと思う。

しかし芭蕉と清風は心が通じあう仲かといえば、そうでもなかったらしい。清風と芭蕉の作風の違いを指摘する研究者もいる。実際、芭蕉らが清風の家に泊まったのは三日だけで、あとは養泉寺という寺に移っている。

芭蕉と曾良は、訪ねた街で句会を開き、そこでもらった餞別を旅の資金にしていた。しかし見ず知らずの土地を訪ね、句会を開こうとしても人が集まらないだろう。清風のような地元の名士が必要だった。そして句会にやってくる人が富裕層なら、餞別も多くなる。そのあたりを担ったのが曾良だった。

しかしいまの時代、堺田駅から尾花沢に向かうバスはなかった。途中にスキー場があり、そこまでのバスはあったが、尾花沢までの便はなかった。僕らのベースは尾花沢ではなく新庄になった。立石寺の最寄は山寺駅だった。新庄から山寺駅に行くには、山形新幹線に乗って山形に出、そこから仙山線で山寺駅という方法が早かったが、片道二千三百七十円もかかる。在来線の奥羽本線に乗り羽前千歳駅で仙山線に乗り換えると、片道千百七十円だった。

途中の尾花沢にも寄りたかった。芭蕉が十日も滞在した街である。しかし尾花沢は山形新幹線や奥羽本線の駅がなかった。奥羽本線の大石田駅からバスになる。路線バスも探してみたが、効率のいいルートはなかった。

そこでレンタカーをネットで検索してみる。一日五千六十円。列車や路線バスを乗り継いでいくより安かった。

「おくのほそ道」のルートをたどる旅で、利用する交通機関を限定しているわけではなかった。しかし気分的には、タクシーとレンタカーはやめようと思っていた。しかしJRと路線バスだけではなかなかうまくいかない。遊行柳と白河の関を結ぶルートでは、タクシーに乗った。白状すると、石巻でもタクシーに乗った。駅から日和山公園までだった。だがレンタカーには手を出していない。しかし、立石寺、尾花沢一帯を地図で見れば見るほど、レンタカーに傾いていってしまう。

「昨日は平泉と鳴子温泉から中山平温泉まで歩いたしね……」

と自分をまるめ込むようにレンタカーの予約を入れてしまった。

さらに申し訳ない話をすると、僕は運転免許証をもっていなかった。運転は阿部カメラマンになる。僕は助手席に座ることになるが、以前なら、ナビゲーター的な役割もあった。しかしいまのレンタカーはカーナビがしっかりついている。阿部カメラマンは運転をし、写真や動画を撮るのだが、僕にはやることがないという旅の休日のような一日になってしまった。なんだか申し訳ないが。

だからそう思ったのかもしれないが、新庄から立石寺まではあっという間に思えた。リンゴ畑に囲まれた道を進むと、旧道を示す碑があった。背後の月山の頂はすでに雪に覆われていた。

立石寺は平日だというのに、かなり混みあっていた。山門から奥の院までは千段を超える石段が続く。途中、石段渋滞ができるほどだった。途中に「せみ塚」があった。芭蕉が句を書いた短冊をここに埋めたといわれる所だ。その周辺に座り込んでいるのは年配ツアー客が多かった。長い石段のなかほどである。ここで諦める人も多いようだった。

さらにのぼると仁王門に出た。周囲の色づいた葉と青空のコントラストがみごとだった。阿部カメラマンが撮った写真を見たが、絵はがきのような色あいだった。

この時期、立石寺にやってくる人々の目的は、この紅葉のようだった。しかしその背後には、芭蕉が詠んだ、

閑《しづか》さや岩にしみ入蟬《いるせみ》の声

という有名な句があった。

立石寺はなかなか立派な寺で、天台宗に属している。天台宗の総本山といえば、比叡山延暦寺である。寺の知名度や格のようなものには詳しくないので、天台宗のホームページで主な寺院という項目を見てみる。総本山の延暦寺を筆頭に、寛永寺、

輪王寺、中尊寺、善光寺という、そうそうたる寺院が並んでいた。しかしそこに立石寺の名前はない。芭蕉が訪ねた頃は、修行僧がこもる静かな寺だったようだ。もし、この寺に芭蕉が訪れず、「閑さや……」という句が「おくのほそ道」に載らなかったら、いまも静かな山寺だった気がしないでもない。石段も整備されず、かえってそれが秘境寺のような雰囲気を醸していた気もする。

しかしいまは芭蕉一色なのだ。石段の手前には、土産物屋や食堂が、そう、二、三十軒は並んでいるだろうか。点在する駐車場は微妙に料金が違う。寺に近づくほど高くなるが、誰も長い距離を歩きたくないから、一方通行の狭い道をゆっくり走りながら、安くて近い駐車場を探し続ける。これほどの観光地になったのは芭蕉がいたからだ。松島の芭蕉の色は濃かったが、山寺はその密度がより高いように思う。

石段の終点は奥の院である。そこには二、三十人の幼稚園の子供たちがいた。秋の日の遠足なのだろう。奥の院の前から、彼らが叫ぶ「ヤッホー」という声が響く。「ヤッホー」という声が返ってくるのは、前に山があり、そこに声が反射して返ってくるからと教わった記憶があるが、こうして立石寺の奥の院に立つと、前の山まではそこそこの距離がある。そこに反射して返ってくるとは考えにくい。しかし子供たちの声は妙に響くのだ。それは立石寺という寺がある山の構造なのかもしれなかった。立石寺の周囲は凝灰岩が剝きだしになった岩肌が続いている。その荒々しさが修行というイメージに結びついたのかもしれないが、声が響く効果を生んでいるのかもしれない。芭蕉が聞いたセミの声は、子供たちの「ヤッホー」のように響きわたっていた気もする。「閑《しづか》さや」は、寺がひっそりと静まり返っていると解釈する人が多い。しかし、煩《うるさ》いほどのセミの声というのも「閑さや」に通じる気がする。セミの声が周囲の岩や木々に反響し、がんがんと耳に響く状況を「閑さや」と詠んでもおもしろいと思うが、少し奇を衒《てら》いすぎかもしれない。

紅の輸送でにぎわった最上川

やはりレンタカーは早かった。昼前に立石寺を見終わり、このまま新庄に戻ると、二時、三時には着いてしまう。

見てみたいものがあった。紅花である。芭蕉が世話になった清風という男は、この紅花で財を築いた男だった。調べると、立石寺とは最上川を挟んだ反対側の河北町に紅花資料館があった。訊いてみると、紅花が花をつけるのは六、七月だが、資料館には温室があり、そこで見ることができるという。

ほんのり温かい温室のなかで紅花が咲いていた。紅花というから、赤い花かと思っていたが、刺身のパックに入っているようなキクに似た黄色の花だった。資料館のスタッフがこう説明してくれる。

「紅花は九十八パーセントが黄色で、紅の色は二パーセントしかないんです。黄の色素は水に溶けやすく、紅の色素は溶けにくい。その性質の違いを利用して分離していくんです。でも二パーセントですからね。それは根気のいる作業です」

だから儲かったともいえるのだが、当時の紅の染め物や口唇に塗る紅は高価だった。この一帯の紅花を支えたのが北前船だった。紅花からつくられた紅餅や染物などは、最上川をくだる船に乗せられて酒田まで運ばれる。そこから北前船に移され、敦賀周辺から、陸路輸送になり、京都まで運ばれた。芭蕉はこの後、最上川をくだることになるが、それは風流な観光船の世界ではなかった。紅花をはじめとする山形の物産を京都に運ぶ輸送船だった。船は小さかったかもしれないが。

新庄に戻り、翌朝、最上川をくだる船に乗るために、新庄駅に出向いた。新庄から「最上川下り」の船に乗り込めるわけではなかった。まず陸羽西線の古口駅まで列車に乗らなくてはならなかった。

改札手前で待っていると、大型スクリーンに芭蕉に扮した人物が黒い僧衣姿で最上川をくだるビデオが映しだされた。立石寺で芭蕉観光地の密度を感じてはいた。しかしそれは立石寺下の土産物屋通りの話であって、立石寺は天台宗の寺だから、芭蕉お守りや芭蕉グッズを売っているわけではなかった。しかし最上川は川である。業者にしたら、かなり利用できるはずだった。

それは「最上川下り」の予約を入れたときから伝わってくることだった。

連絡をとったとき、この船の運航はかなり制限されているのではないかと思った。コロナ禍だった。僕の「最上川下り」のイメージは団体旅行だった。僕らのような個人客が乗り込むことができるかどうか……。

「問題ありませんよ。おひとりでも大丈夫です。駐車場は……」

電話に出たのは愛想のいい男性スタッフだった。

「いや、列車とバスで乗船口まで行きます」

「列車、バス？　失礼しました。個人のお客様はほとんどお車なので」

その場で予約が入ってしまった。船は「最上川芭蕉ライン舟下り」と呼ばれていた。もう芭蕉である。ルートは古口港から草薙港までの十二キロメートルだった。古口港は戸沢藩の船番所があった所だった。芭蕉らが乗船したのは、そこより上流の本合海《もとあいかい》だった。できればそこから乗り込みたかった。終着まで約二十キロメートルのコースになる。芭蕉ラインと銘打たれている以上……ということなのか、しっかりとそのコースも用意されていた。しかし十五人以上の貸切り運航だった。

陸羽西線の古口駅はしんとしていた。列車をおりたのは僕らだけだった。駅名より「最上川下り」の看板のほうがはるかに目立つ。駅前には乗船場所に向かうバスが停車していた。列車に接続したバスだった。

バスの終点は船番所というバス停だった。ここが乗船ポイントになっていた。かつての戸沢藩の船番所である。最上川を航行する船の荷や人をチェックしていたわけだ。当時の船番所は少し西側にあったという。

終点までの運賃は二千五百円だった。川沿いの船着き場におりていくと、五、六艘の船が泊まっていた。団体用の船のテーブルにはビールや日本酒が並んでいた。僕らが乗り込んだ船は個人客用だから、いたってシンプルだった。乗客は二十人ほどだったが、ガイド役の船頭さんがつく。彼らは船頭エンターテイナーといった感じで、わかりやすい方言を交えながら笑いをとる。名所案内や民謡も織り込まれる。船会社のホームページを見ると、船頭さんも指名できるようになっていた。指名料は千五百三十円。

――左右山覆《おほ》ひ、茂みの中に船を下《くだ》す。是《これ》に稲つみたるをや、いな船といふならし。

芭蕉が「おくのほそ道」でそう書いた最上川は、芭蕉ラインということになり、船頭を指名すると料金がかかる世界になっていた。

船は滑るように川面をくだっていく。後半になって少し揺れた。芭蕉が「水みなぎつて舟あやふし」と「おくのほそ道」に書いた難所がここだったのだろうかと体を左右に揺らしながら考えてみる。僕はこれまで長瀞とか天竜川といった川くだりを体験したことがないので比較はできないが、それほどの急流ではない気がした。季節にもよるのだろうが、どちらかというとのんびり船くだりである。俳句をつくるには、適度なスピードのようにも思う。船頭さんに促されて白糸の滝を見あげる。「白糸の滝は青葉の隙《ひま》〳〵に落《おち》て……」。滝よりも芭蕉の名文のほうが美しく思えてくる。

草薙港に着き、そこから陸羽西線の駅まで歩こうかとも思った。今日は一日一時間のミッションもこなしていない。しかし駅まではかなりの距離がある。ここから出るバスはどれも、船に乗り込んだ船番所行きだった。個人客の多くは車できているから、乗船場所の駐車場に戻らなくてはならない。団体バスもそこに停車しているのだろう。そんな人たち向けのバスだから、僕らのようにさらに下流へ向かう客は少数派なのだ。しかたなく僕らもそのバスに乗る。終点手前の古口でおろしてもらうことにした。

古口駅から陸羽西線で余目《あまるめ》駅、そして鶴岡へ出、そこから出羽三山神社に向かうバスが出ていた。

芭蕉は草薙港から少し下流の清川で船をおりている。そこから最上川を離れ、出羽三山に向かう道を進んだ。そこを走る路線バスがあればよかったのだが、当時とは出羽三山へのアプローチの道が変わっていた。余目、鶴岡をまわるのはだいぶ遠まわりになってしまったが、ほかに方法もなかった。歩くことも考えたが、二十一キロメートル、四時間四十分。諦めるしかなかった。

第三章 最上川を越え新潟へ

道に沿って木造家屋が並ぶ出雲崎の北陸道。

サバやイカを焼く出雲崎名物の「浜焼」。

なぜ山形県はラーメン日本一なのか

古口駅前で昼食と思った。探したがラーメン屋が一軒あるだけだった。

古口というのは、古い登山口という意味だと駅前の案内板に書かれていた。かつて修験者たちは、このあたりから出羽三山に向かったらしい。その後、出羽三山の登山口は、最上川に沿って下流へと移っていく。芭蕉の時代は清川あたりだったようだ。いまはさらに……というか、出羽三山の裾をぐるりとまわるように列車で進んだ鶴岡になっていた。出羽三山への入り口は、より海に近づいたことになる。山へのイメージもずいぶん変わった。出羽三山の主峰は月山だが、日本海側から一気に山がそそりたっているような雰囲気がある。しかしこの古口あたりから登れば、奥羽山脈とのつながりを考えてしまう。

ラーメン屋に入り、そんな山の地勢のような世界を思い描いていた。昼どきで店は混みあっていた。客は皆ラーメンを啜っている。僕は普通のラーメンというのも……と、もつラーメンを頼んでいた。

「そういえば、昨日も昼はラーメンだったなぁ」

と阿部カメラマンに声をかけた。

「山形県ですからね」

「そういうことか……」

前日の昼は尾花沢だった。レンタカーだったので駐車場のある食堂を探したが、それがことごとくラーメン屋だった。一軒の店で鳥中華とメニューに書かれたラーメンを頼んだ。甘みのある醬油味のスープがおいしかった。なんとなく山形のラーメンの実力が伝わってくる。

二〇一二年から二〇一六年の家計調査によると、一世帯あたりのラーメン外食費用は平均で年に六千円弱。ところが山形県は一万五千円弱とダントツ一位なのだ。もちろん、人口あたりのラーメン屋の数も全国平均の二倍以上だという。店を探すとラーメン屋に出合う確率は高いわけだ。

なぜ山形県がラーメン日本一？　この種の話になると、いろいろな人の推測世界に入り込み、納得のいく解説にはなかなかたどり着けない。僕もネットの隘路に入り込んでしまったが、ひとつ、面白い話が載っていた。それは、「山形県のそば屋のラーメンもおいしい」というブログだった。数は多くないものの、僕の山形ラーメンの食後感からいうと、さっぱり系である。東京に多い家系《いえけい》などのこってり豚骨スープ系とは違う。山形県はそばどころでもあると思うが、さっぱりとした山形ラーメンは、そば屋のメニューに入り込んでも、それほど違和感がない気がする。家系ラーメンなどは、あの油とにおいとそばを並べたら、まさに水と油ではないかと思うのだ。

正直なところ、僕はあまりラーメンが好きではない。東京をベースにして暮らしているが、ここ十年、東京のラーメン店に入ったことはないような気がする。東京のラーメンは、こってり系にどんどん走っているからだろうか。

通っていた大学の正門の手前に「ラーメン二郎」があった。その後、いろいろな展開があって、いまは「ラーメン二郎三田本店」というらしいが、当時は、ここ一軒しかなかったのだから、三田本店の文字はなかったはずだ。脂でべとついたテーブル。豚骨系のスープ……。二十歳前後の大学生の食欲は相当なものだったのか、大学に近づくにつれて漂ってくるそのにおいに誘われ、つい入ってしまうことが多かった。あの店のラーメンには、ある種の中毒になる要素があった気がする。しかし、もともと体質に合ってはいなかったのか、大学を出ると、こってり系ラーメンから遠のいていってしまった。そして、こってり系、いまでは家系といわれるラーメン店のにおいを嗅ぐと不快感を覚えるようになっていく。

煙草を喫っていた人が禁煙してしばらくたつと、煙草のにおいが不快に感じるようになる。それに似ているのかもしれない。「ラーメン二郎」のラーメンで中毒になり、そこから脱したとき、こってり系ラーメンのにおいが苦手になってしまったのだ。

そういうタイプには、山形県のラーメンはすんなりと入ってきた。好きというわけではないが、こってり系ラーメンのような不快感はない。山形県がラーメン日本一というのは、その味が要因にも思えた。

翌日、僕らは象潟にいた。特急に間に合わず、駅前の食堂を探した。隈なく歩いたわけではないが、みつかったのはラーメン屋だった。そこでタンメンを食べた。

三日続きで僕はラーメン系の麺料理を食べたことになる。東京では考えられないことだった。

麺を啜りながら、ふと思う。

「山形県民がラーメンをよく食べ、ラーメン店が多いというのは同じことで、ほかの食堂が少ないからかも。今日はほかのものを食べたいと思っても、ラーメン店しかないから、結局、ラーメン……」

なんだか鶏と卵の関係に似た元も子もないような話に進みそうな予感すらあった。

芭蕉が登った羽黒山、月山、湯殿山に……

古口駅から余目駅経由で鶴岡に出た。駅舎を出ると、すでに日は夕暮れどきだった。なにしろ古口駅から余目駅までは一日九本の列車しかないローカル線で時間がかかる。しかしなんとか出羽三山神社のある羽黒山頂行きのバスに間に合った。このバスに乗れば、神社を見て、鶴岡に戻る最終のバスに乗ることができる。

僕らはわさわさと羽黒山頂行きのバスに乗ったが、芭蕉は羽黒山、月山、湯殿山をめぐった。だがこの道は、これまで歩いてきた道とは違う登山である。芭蕉は四十六歳である。よく登ったと思う。芭蕉らは白い浄衣を着て、頭も白木綿で包むという姿だった。神聖な山に入る装束である。二日間をかけて月山、湯殿山を登って帰ってくる。曾良は日記に「甚《はなはだつかる》労ル」と書いている。つまり、ものすごく疲れたということだ。「おくのほそ道」で芭蕉は、「息絶《たえ》身こゞえて頂上に臻《いた》れば、〜」とにおわせている。息があがり、身も凍え……というわけだが、そこは俳聖、へとへとに疲れたと本音は書いていない。しかし月山の標高は二千メートル近い。

「おくのほそ道」をたどる前に、この本をざっと読んだとき、

「月山にも登るのか……」

と思ったものだった。芭蕉の旅は、街道をとぼとぼ歩くようなイメージがあったが、山も登っていたのだ。

今回の旅に出る前、ざっくりとそのルートをたどってみた。月山も登るつもりでいた。僕は高校時代、山岳部に属していた。趣味はという質問を受け、登山と答えていた時期もあった。しかし六十歳を超え、急速に体力が落ちてきたことがわかる。

軽々しく、「登山が好きで」などといえなくなってしまった。

月山登山は、月山八合目までバスに乗り、そこから登ることになる。しかし八合目まで行くゲートが十月下旬には閉まってしまうようだった。日程的にみて、僕らがこのエリアを訪ねる頃は十一月。つまり八合目まで行くバスはない。ということは、冬場でもバスが運行する羽黒山頂から歩くことになってしまう。

芭蕉は羽黒神社、つまり羽黒山頂近くの宿坊に泊まっていた。そこから月山に登ったわけだ。ということは、芭蕉とまったく同じ行程を歩くことになる。芭蕉の歩いた道筋を歩く旅だから、それでいいのでは？　と思うかもしれないが、歩くのは僕なのである。芭蕉と同じ道を歩けというのは冷酷ではないか。これだけ本を書いてくれれば、編集者や読者というのは慈悲の心もない冷徹な存在であることは知っている。しかし、だったら登ってやろうじゃないか……などという血気もないわけで、頼りなく笑いながら、「バスは八合目まで行かないということで……」などとお茶を濁すしかなかった。しかし内心、「これで月山に登らなくてもすむ」と胸をなでおろしていた。なにしろ山頂は、「息絶身《たえ》こゞえて」なのだ。高校時代に山岳部だったとはとてもいえない軟弱ぶりではあるのだが。

鶴岡駅前を発車したバスは、市街地を抜けた。やがてバスは大きな鳥居をくぐった。霊山に入っていくという気分になってくる。周囲は冬の早い夕暮れが迫っている。路線バスは山道を走りはじめる。羽黒山頂までは一時間ほどかかった。バス停周辺の土産物屋は、すでに店じまいをはじめていた。

その前を出羽三山神社をめざして杉並木を進む。この神社のなかに、三神合祭殿があった。そこで手を合わせるつもりだった。ここは冬の間、月山神社と湯殿山神社に参拝できないため、出羽神社にそのふたつの神社を移すという、まさに軟弱な僕ら向けの気遣い神社だった。つまり三神合祭殿で手を合わせれば、芭蕉が参拝したふたつの神社もまわったことになるわけだ。芭蕉が歩いた道をなぞったなどと嘘はつかないが、ちゃんと手は合わせたことにしてくれるはずだった。

「おくのほそ道」の羽黒の項には、いくつかの句が載っている。曾良の句もひとつある。

湯殿山銭ふむ道の泪《なみだ》かな

ちょっと気になる句だ。旅日記に曾良は、月山に登ったときの費用を記している。『芭蕉はどんな旅をしたのか』にその内容が訳されている。

――月山の角兵衛小屋での宿泊二十文、案内賃二百文弱、「散銭」二百文弱など、四百数十文がかかっている。羽黒で曾良が作った句がある。（中略）湯殿山のありがたさを詠んだとされているが、信仰心のない者が読めば、なけなしの銭をすっかりしぼりだささせられてしまった無念さとも取れなくはない。

泪はそうも解釈できるというのだ。湯殿山では、もっている金をすべて置いていかなければならず、落としたものも拾ってはならないというルールがあった。知らない人が聞いたら、ぼったくりにも映る。曾良はこの旅の金庫番である。金のないときは托鉢に出、名士を集めて句会を開き、餞別を旅の費用にあてていった。そういう立場の曾良からすれば、なんという山かと思うのも無理はない。芭蕉は「おくのほそ道」のなかで、旅の費用について一切触れていない。そういう内容を書くことは卑しいとされていたのだろう。芭蕉は常に曾良と一緒にいるわけだから、彼の苦労を目にしている。だから、「湯殿山銭ふむ道の泪かな」という句を「おくのほそ道」に載せたとも考えられなくもない。

「おくのほそ道」を読みながら、僕はいつもこの金の問題が気になっていた。旅には金がかかるのだ。僕の旅は節約歩調というか、貧しい旅である。バックパッカー旅の元祖のようないわれ方もするが、費用をかけない旅ばかり続けてきた。こんな旅人だから、つい関心が金にいってしまう。卑しいといわれた旅を僕は本にしてきた立場というものもある。その旅は、第四章でゆっくりお話ししようと思う。

月山を登り終えた芭蕉は、鶴岡におりている。僕らがバスで羽黒山頂まで登ってきたルートを逆に進んだわけだ。僕らもそのルートを鶴岡に戻ることになる。すでにすっかり暗くなっていた。

名勝地だった「おくのほそ道」最北の地、象潟はいま

鶴岡から列車に乗って酒田に出た。車窓に映る水田には、ハクチョウの姿があっ

た。気温がさがり、北から渡ってきたのだろう。あと一ヵ月もすれば、この一帯は雪で埋まる。その前に栄養をとっておこうとしているのだろうか。水田の土にせわしげにくちばしを突っこんでいた。芭蕉は鶴岡から船で酒田まで出ている。曾良旅日記にも、「船ノ上七里也」と記されている。約二十八キロメートルも船に乗って進んでいるわけだ。久々に楽な行程だったのかもしれない。

いまは見る影もないが、当時の酒田はすいぶんと栄えていた。芭蕉の旅は豪商に寄りそうようなところがあった。そこで句会を開き、餞別という名のギャラを受けとり、旅を続けた。

——川舟に乗《のり》て、酒田の湊《みなと》に下《くだ》る。淵庵不玉《あんあんふぎよく》と云医師《いふくすし》の許《もと》を宿《やど》とす。

こう「おくのほそ道」に書いている。淵庵不玉というのは俳号で、伊東玄順といった。

「おくのほそ道」では、酒田の伊東の家で句会などを開き、さらに北の象潟に向かったことになっている。しかし実際は、酒田には二泊しただけで、象潟に向けて出発している。酒田でゆっくりしながら句会の席に出ているのは、象潟から戻ってきてからだ。

象潟――。昔、なにかの本で読んだ気がするが、象潟には詳しくなかった。「おくのほそ道」を再度読んだとき、改めて象潟を調べることになった。そこで「おくのほそ道」の旅では、太平洋岸では松島、日本海側では象潟を訪ねることが目的だったことを知る。象潟はそれほどの土地だった。酒田に二泊だけして、象潟へ急いだのは、そんな理由があったからかもしれない。僕らも酒田駅で列車を乗り換え、まず象潟に向かうことにした。

象潟は芭蕉の時代、それほどの名勝地だったのだが、酒田からの道は楽ではなかったようだ。「おくのほそ道」には、

――山を越《こえ》、礒《いそ》を伝ひ、いさごをふみて其際《そのさい》十里、（後略）

と書かれている。いさごは砂のことだという。どんな道なのだろうか。一日一時間は歩こう……というミッションもある。前日は最上川をくだったり、羽黒山頂へバスで向かうなど、歩く時間がとれなかった。

鶴岡のビジネスホテルで、地図と時刻表を開く。羽越本線の女鹿《めが》駅あたりは日本

海に沿った道が続く。女鹿駅でおり、小砂川《こさがわ》駅まで歩くのはどうだろうか。グーグルマップでみると、距離は四・八キロメートル。一時間ほどだ。

羽越本線のローカル線の時刻表をみてみた。午前中の列車を調べると駅名がない。地図上には駅があるのだが。女鹿駅に停車する列車を検索してみた。すると、四本の列車が二時間に一本ぐらいの割合で停車する。しかし最初に停車する列車は昼の十二時台だった。つまり午前中、酒田から象潟方向に向かう列車はひとつも停車しなかった。どういう理由かはわからなかったが。だが列車が停まらなければ、歩くこともできない。まず象潟に向かうしかなかった。

「奥の細道　最北の地　象潟」。象潟駅のホームにおりたつと、まずこの看板が目にとび込んできた。ここが最北端だったのだ。象潟も芭蕉観光地の趣があったが、立石寺や最上川に比べたら、はるかに控えめだった。山形県が終わり、秋田県に入っていた。県の観光PRでいえば、芭蕉を前面に出すのは山形県の特徴なのかと思えてくる。

駅に観光案内所があった。ここで地図をもらい、能因島《のういんじま》や蚶満寺《かんまんじ》の場所を確認する。そこから「道の駅象潟」へ向かうことにした。まっすぐ向かえば二十分ほどだが、途中の名所に寄れば、片道三十分ほどの道のりである。

駅舎を出、農道のような道を通り、能因島をめざして歩く。「おくのほそ道」には、

——先能因島《まづのういんじま》に舟をよせて、三年幽居の跡をとぶらひ、（後略）

と記されている。能因法師が三年間、幽居した島に舟をよせて訪ねているわけだ。島？　舟？　それなのに歩く？　芭蕉が訪ねた時代とは、その地形が大きく変わってしまったのが象潟だった。「おくのほそ道」のなかで、象潟はこう描かれている。

——松島は笑ふが如く、象潟はうらむがごとし。

松島は笑っているような眺めで、象潟は恨んでいるような風景……ということらしい。恨む風景というものがどういう風景なのかぴんとこないが、少なくとも象潟の眺めは松島と肩を並べるほどのものだった。

当時の松島を描いた絵といまの風景を想像力でつないでみる。東日本大震災で、

小島の崖は崩れて形が変わったかもしれないが、島がなくなったわけではない。芭蕉の時代の風景と大きな違いはない。

しかし象潟は完全に違う。当時の能因島は水のなかに浮かぶ本当の島なのだ。だがいまは農地のなかにある小山にすぎない。

芭蕉が目にした象潟は、紀元前四六六年の鳥海山の岩なだれによって出現したといわれる。大量の土石が象潟に入り込み、そこに水が流入して、潟のなかに小島が点在する景勝地になった。ところが一八〇四年、象潟地震が起きる。土地は二メートル以上隆起し、潟の水がなくなってしまったのだ。水がなくなれば、島は小山になってしまう。

水田の間の道を進むと、そこに能因島があった。いまは水がないから小さな山である。それを目にしたとき、

「小さッ」

という言葉がつい口から漏れてしまった。脇に「ここは能因島です」という標識があったからわかったが、なければ平凡な小山なのだ。能因法師がここに三年暮ら

したという話も疑ってしまった。なにしろ島を一周したところで一分もかからない小ささである。いちばん高い所まで登っても三十秒……。もしここに小さな庵を建てたとしても、農具を置く作業小屋にしか映らないはずだった。

しかし想像逞しく、周囲が水に浸っているとしたら、庵で幽居というイメージも抱けないこともない。あたりを埋める水は、陸からの距離をイメージのなかでは長くさせる。しかし本当の幽居となれば、これほど人里に近い所は選ばないだろう。人とほとんど会わない山中にこもるはずだ。

芭蕉の時代の旅人も、そのあたりはわかっていた。舟に茶や酒、菓子をもち込み、島をめぐっていくのだ。観光地とはそういうものだ。安易さが重要なのだ。能因法師が本当にその島に暮らしたかどうかは重要ではなかった。そのイメージをつくることができれば満足だった。

松島に比べれば象潟の島めぐりは穏やかだった気がする。松島は海だが、象潟は潟である。のんびりと舟を浮かべて島めぐりなのだ。

しかしいまは、土地が隆起してしまったから、ぽつぽつと歩かなくてはならない。

能因島から蚶満寺に向かったが、周囲には、能因島のような小山がいくつもあった。必ずといっていいほど松の木が植えられている。

蚶満寺からはトラックが行き交う国道沿いの道になった。海岸に近い「道の駅象潟」はビル型の施設だった。六階の展望塔にあがった。象潟の地形がよく見えた。かつての島はいま小山になっているが、「九十九島」と名づけられていた。

「暑き日を海にいれたり最上川」

列車で酒田に戻った。まっすぐ日和山公園に向かった。「おくのほそ道」には多くの句が掲載されているが、そのなかで、僕がいちばん気に入っているのが、

暑き日を海にいれたり最上川

である。いろいろな解釈がある。芭蕉が酒田に滞在した頃は暑い時期だった。テーマは夕陽でもいいだろうか。最上川が夕陽に染まり、それを海に流し込んでいる

という写生句として解釈してもいい。あるいは暑い日の熱で少し温度をあげた最上川の水が海に入っていく……つまり熱を海に運んでやや涼しくなったといった生活感を詠んでいるとも考えられる。

第一章で話したが、僕はある句会に参加している。もう十年ほどになるだろうか。いまはコロナ禍でなかなか開催できないが、二カ月に一回程度、皆で集まって句をつくっていた。その経験があるのだが、俳句は難しいと思う。どうしたらうまい句がつくれるのか、いまだにわからない。以前は「俳句王国」、いまは「NHK俳句」や「プレバト!!」などのテレビ番組もときどき見るが、なぜこの句がいいのかどうしてもわからないこともよくある。そのたびに俳句の才能がないと改めて思うのだが、僕もそれなりに努力している。それは写生句の世界だった。写生句というのは、実際の物や景色をありのままに具象的に写しとることといわれる。このような「見たまま」を句にするのだが、そこにどれだけの思いを込められるかということだった。

「おくのほそ道」には多くの句が載っているが、旅だつときにつくったといわれる、

行春《ゆくはる》や鳥啼魚《とりなきうを》の目は泪《なみだ》

は写生句ではない。

そんな僕の思いもあり、好きな句というとどうしても写生句に傾いていってしまう。

酒田の日和山公園に向かったのはそのためだった。しかし写生句はそのときの天候にかなり左右されてしまう。十一月の日和山公園には暑き日などなく、日本海からの寒風が容赦なく吹きつけ、立っているのも大変だった。阿部カメラマンは動画を撮ろうとしていたが、風の音があまりに大きく入ってしまうと悩んでいた。

その日の朝、鶴岡を出、酒田で乗り換えて象潟に向かった。羽越本線のローカル線の窓には、荒れた日本海が広がった。なぜか冬の日本海を眺めると、「おーこれ、これ」と呟いてしまう。その冬ざれた風景は、日本の冬の定番の眺めだからだろうか。

しかし日本海の冬は、暖かい列車のなかから眺めるものだと思う。日和山公園で強い風に晒されると、気分はどんどん落ち込んでいってしまう。

強風を避けるように公園を離れた。日和山公園は海と最上川に面した高台にある。そこから坂道をくだると酒田の住宅街に入る。耳許で唸っていた風が急に消えた。ほッとしたが、酒田の街の静かさがまた気になってしまった。道は商店街のアーケードに続いていたが、歩いている人がほとんどいなかった。日本の地方都市は人口の減少が続き、シャッター通りが出現している話はよく耳にする。僕もそんな通りを目にしてきたが、これだけシャッターをおろした店が多い通りも久しぶりだった。

芭蕉が訪ねた頃、酒田はにぎやかだった。京都と東北を結ぶ港がある街だった。江戸時代に入り、瀬戸内海をまわる「西廻り航路」が開発され、流通量はさらに増えていった。その街の勢いと、暑い夏の一日が、「暑き日を〜」という句のなかでシンクロしているような気にもなる。

象潟から戻った芭蕉は、酒田に一週間滞在している。豪商たちがもてなしてくれたから、快適だったのだろう。金の心配をしなくていいから曾良もゆっくりできたのかもしれない。句会も市内で開かれている。

酒田から一気に一振《いちぶり》、現在の市振まで飛んでしまう。その途中に、越後路という短い文章があるが、そこにこう書いている。

——此間九日《このかんここのか》、暑湿《しょしつ》の労に神《しん》をなやまし、病《やまひ》おこりて事をしるさず。

暑さと雨に悩み、病気にもなってしまい、途中のできごとを記さなかったと書いているわけだ。

僕らは芭蕉に倣ったわけではないが、酒田から特急「いなほ」に乗ってしまった。塩竈から再開した旅は、松島、平泉、新庄、立石寺、最上川、出羽三山神社、象潟、酒田と続いた。少し疲れてもいた。東京に用事もあり、どこかのタイミングでいったん戻ろうとは思っていた。酒田から新潟に出、そこから東京に戻ることにしたのだ。

乗り込んだ特急列車は速かった。酒田から二時間弱で新潟に着いてしまった。

僕らは特急列車という道具をもっていたが、芭蕉の時代はただ歩くしかなかった。曾良の旅日記を見ると、酒田を出発し、大山、温海《あつみ》、中村などを経て六日がかりで新潟に着いている。雨も多かったようだ。

僕らはそこを、列車の車窓を眺めながら進んだ。いや、正直なところ、ことッと寝てしまい、なにも見なかった。少し申し訳ないような気もした特急列車だった。

荒れ狂う冬の日本海で立ち往生

再び新潟に戻ったのは十二月の中旬だった。僕は新潟で用事があり、「おくのほそ道」の旅を再開する前日に新潟に入った。新潟はいちだんと寒さを増していた。冬型の気圧配置にすっぽりと覆われていたが、新潟駅周辺の車道には雪はなかった。歩道の雪は踏みかためられたところもあったが、ここ二、三日、雪は降っていないようだった。

阿部カメラマンは夜行バスで新潟にくることになっていた。朝に落ち合い、柏崎方面へ日本海に沿って進む予定だった。

朝、阿部カメラマンから連絡が入った。豪雪に巻き込まれバスが立ち往生。朝、新潟駅を出発するバスには間に合わないというメールだった。僕はホテルの部屋のカーテンを開け、空を見あげた。青空が広がっていた。

その日、新潟から柏崎に向かうことになっていたが、新潟駅から内野駅までは路線バスに乗ることにしていた。芭蕉は新潟を朝に出発し、弥彦まで歩いている。歩いたのは北陸道で、海に近いところを通っていた。内野駅方面に向かうバスのなかに、その道を進むものがあった。JRはその道より内陸側を通っていた。

車道に雪はなく、青空が広がっている。バスは予定通り出発するだろうが、東京と新潟を結ぶ関越道は大変なことになっていた。

阿部カメラマンが乗ったバスは、水上インターチェンジ近くに停まっているようだった。激しい雪が降っていた。もう三時間以上停車しているとメールは伝えている。

地図を見ると、水上駅まで歩いて二十七分ほどだった。阿部カメラマンはバスを離れようとしたが、バス会社は安全上の問題から許可してくれなかった。しかしバスを降りないでよかった。在来線も雪で運休になっていたのだ。

冬の日本海の気候を改めて教えられた。日本海を渡る湿った冷たい風は、海に面した新潟を通りすぎ、三国山脈にぶつかって記録的な雪を降らせていた。しかし新潟は青空なのだ。

「さて、どうしようか……」

ホテルの部屋のテレビをつける。関越道は上りも下りも車の立ち往生が続いていた。いつ解消するかはまったくわからなかった。新潟で彼が着くのを待ち続けるか、僕が写真を撮りゆっくり様子をみながら進んでいくか。

阿部カメラマンと連絡をとり、僕は予定通り、路線バスで先に進むことにした。彼には悪いようないい天気だった。新潟の市街地を抜けたバスは、海に沿った旧北陸道を進んでいった。遠くに見える松林が海岸の場所を教えてくれる。内野駅からJR越後線に乗り、柏崎に向かう。

柏崎の手前に出雲崎があった。

荒海《あらうみ》や佐渡によこたふ天河《あまのがは》

という句をつくったのが出雲崎だったといわれる。日本海に面した出雲崎は、旧街道に沿って家々が連なる趣がある街だった。その風景はプロのカメラマンの世界だった。

列車に乗っていると、簡単に先に進んでしまうが、僕は柏崎で列車をおりた。ここで阿部カメラマンを待つことにした。

途中、彼とは連絡をとっていた。この旅は、朝日新聞社のデジタルマガジン「&」の「クリックディープ旅」に連載していた。そこに彼から届いた連絡を、僕がまとめる形で掲載した。それを紹介してみようと思う。

「大粒の雪。バスが東京駅を発車してから約18時間。まったく動かない。その間、食事はもちろん、水を控えていた。バスにトイレがないためだ。頭がクラッとする。脱水症状？　雪を固めてガシガシ食べた。雪が冷たく、ひとつ食べるのに1〜2分かかる。みなかみ町藤原の積雪は208センチ。今季日本一とか」

「バスの運転手の手づくり仮設トイレ。高速道の上です。バケツに雪を詰めてブロックをつくり、それを積みあげて壁に。夕方には立派なトイレが完成。数人の女性客用だが、男性客もこれで大便ができる。運行は新潟のバス会社。運転手は雪に慣れている感じがした。運転手に感謝」

「出発してから20時間がすぎた。19時ころ、反対側の上り車線に突然、救急車が現れた。後ろにはパトカーもいる。搬送されるのは我がバスの乗客。女性客のひとりが体調を崩してしまった。救急車はサイレンを鳴らして走り去る。ということは反対車線は立ち往生している車がないってこと？」

「21時間経過。NEXCO東日本の職員が現れた。渡されたのは、水500ミリリットル、フリーズドライビスケット、カロリーメイト、エマージェンシーシートの4点。ビスケットを口にし、助かった——と安堵の思いが広がる。その後、上り車線に誘導され脱出。途中のサービスエリアでみそラーメン」

バスはいったん東北方面に向かい、そこから新潟をめざすようだった。阿部カメラマンは高崎駅でおろしてもらい、そこから新幹線で長岡へ。そしてバスで出雲崎駅へ向かう。その連絡を受け、僕は柏崎から戻るかたちで出雲崎駅へ向かった。

一日遅れのスタートになった。一時はどうなるかと思ったが、日本海に沿ったエリアに出てしまえば、雪は嘘のように少なくなった。前日に比べれば天気は悪かった。空は鈍色の雲に覆われ、ときおり雪が舞った。出雲崎駅へ向かう列車からぼんやり見ていると、雪が急に強くなることがあった。日本海からの寒風に乗って、雪は波のように強さを変えていた。

出雲崎駅から日本海までは少し距離があった。今回の旅に出る前、出雲崎周辺で一時間歩きミッションをこなそうと思ったが、阿部カメラマンが巻き込まれた豪雪でその計画も雪空に消えた。代わって「てまりん」というタクシーに乗った。出雲崎町内ならどれだけ乗ってもひとり五百円。便を減らす路線バスを補完するようなタクシーだった。

芭蕉はここを歩いた……。出雲崎の道は、そう実感させる旧街道だった。これまでも何回か、こんな道を歩いてきた。道幅は一車線ほどで、適当に曲がっている。それが特徴だった。なにかの理由があると思うが、旧街道はあえて直線の道をつくらなかった。車はなく、歩くための道だからなんの問題もない。ゆっくり道がカーブし、その両側に、二階建ての家々が連なっている。家はいま風に建て直されたものも多いが、なかには古民家のような家もある。その家の屋根は低かった。二階建てなのだが、昔の家は天井が低かったのだろう。

出雲崎の旧街道を歩いた。海岸沿いに車用の道がバイパスのようにつくられていた。旧街道は車も少なく歩きやすかった。

途中に「浜かつ」という食堂があった。昼どきで数人の客がいた。しかし店の人がいない。ガラス戸があり、そこを開けると、囲炉裏のある居間だった。しかしそこにも人がいない。客に奥に行くように促され、靴を脱ぎ、廊下を進む。居間をすぎると、襖が閉められた部屋があった。そこを通りすぎると、やっと厨房だった。主人らしき男性と中年の女性がふたり、料理をつくっていた。やっと注文ができた。

母の実家を思いだしていた。いまはパン屋になっているが、その前は旅館だった。僕が生まれた頃は、その建物をまだ使っていた。中央に廊下があり、それに沿って部屋があった。僕が子供の頃はパン職人さんが使っていたが。そんな家のつくりは、「ウナギの寝床」と呼ばれていた。入り口が狭く、奥に深い構造だった。

芭蕉はこの出雲崎に泊まっている。旧街道に沿った「ウナギの寝床」式の宿だったはずだ。食堂の「浜かつ」の厨房の前の廊下から日本海が見えた。芭蕉がどんな部屋に泊まっていたかはわからないが、夜、天の川も見えたのかもしれない。もっとも地元では、「荒海や――」の句がどこでつくられたかという論争があるらしい。この出雲崎か、直江津か……。

当時は出雲崎や直江津は栄えていた。佐渡からの金や銀を荷揚げする光景が港にあった。北前船でもにぎわい、街の人口密度も高かったという。旧街道に沿った家々は商家風のつくりが多かった。そのなかを歩いていると、江戸時代を歩いているような気になる。千住大橋以来、いくつかの旧街道を歩き、目にしてきたが、出雲崎がいちばん雰囲気がある。当時の面影という言葉を使うには年月がたちすぎているが。

雪が強さを増していた。出雲崎駅に出て、列車で柏崎に出ることもできた。しかし出雲崎から柏崎まで、海岸線に沿って走るバスがあった。北陸道を走ることになる。芭蕉が歩いた道でもあった。「おくのほそ道」をたどる旅は、どうしても路線バス頼みになる。

バスは出雲崎車庫から出発した。右手に鈍色の海と空が広がる。冬の日本海は、地平線が曖昧になる。バスのなかでそんな風景に包まれていると、ついうとうとしてしまった。

乗車してくる人の声で目が覚めた。十人以上の人が乗車してくる。勤め帰りのようだった。窓の外に視線を移すと、何棟もコンクリートの建物が見えた。柏崎刈羽原子力発電所だった。海岸に沿った道をバスが走る理由がわかった。海沿いの町や村を結ぶ目的ではなかった。僕は芭蕉が歩いた道筋を進むことができる……という一点で選んでいたが、バス会社にしたら、途中の原発で働く人たちの足と考えていた。いや、原発や行政との関係のなかで運行されている路線バスなのかもしれなかった。

しかしその建物は、日本海の風景には似合わなかった。ましてや芭蕉の旅とはかなり離れている。

柏崎から列車に乗り、直江津。そこから、「日本海ひすいライン」の列車に乗って糸魚川まで出た。駅前のビジネスホテルに泊まることにした。
糸魚川の街には、重い大粒の雪が降っていた。

俳人と同時に、芭蕉はなかなかのストーリーテラーだった

糸魚川から市振《いちぶり》までは、北陸道でいちばんといわれた難所が待っていた。駒返し、親不知子不知《おやしらずこしらず》である。

その日の朝、芭蕉らは、糸魚川よりさらに手前の能生《のう》を出発している。曾良旅日記に添うと、天気はよかったようで、昼頃には糸魚川に着いている。そして午後の四時ぐらいには市振の宿に入っている。グーグルマップでみると、糸魚川から市振までは約二十七キロメートル。そこを四時間……。あい変わらずの健脚である。

しかしその道は、普通の北陸道ではなかった。

駒返しというのは、海岸に岩が崩れ落ちた歩きにくいところだった。穏やかな引き潮のときなら、波打ち際を通ることができたが、海が荒れると岩から岩へと渡っていくことになる。馬はとても越えることができない。そこで、荷を馬から人の背

に移し、馬を返すことから、駒返しと呼ばれた。

その先にあったのが親不知子不知である。断崖の下に狭い砂浜が続く一帯で、旅人はそこを歩いて渡った。その距離が八キロメートル近く続いた。風がない引き潮の日なら、それほど苦労はなかったようだが、天候が崩れ、波が高くなると、とても渡ることができなかった。八キロメートルもの長さがあることも、旅人の不安を煽った。途中で天候が変わる可能性すらあったのだ。

当時の記録を見ると、海が荒れると、それが収まるまで待ち続けなければならなかった。迂回路としての山道があったが、その道は険しく、だいぶ遠まわりになったという。

その行程を曾良旅日記にはこう記されている。

――十二日　天気快晴。能生ヲ立。早川ニテ翁ツマヅカレテ衣類濡、川原暫干ス。午ノ尅、糸魚川ニ着、荒ヤ町、左五左衛門ニ休ム。（中略）申ノ中尅、市振ニ着、宿。

天気は快晴。能生を出発。早川で芭蕉がつまずいて衣類が濡れてしまった。川原でしばらく干した。昼頃、糸魚川に着いた。左五左衛門の家で少し休む。午後四時頃、市振に着いて、泊まる。

芭蕉はそういう一日をあえて選んでいるわけではないが、天気がよく、穏やかな風が吹く日で、引き潮だったのだろう。駒返しも、親不知子不知もすいすい越えてしまったのだ。幸運だったわけだ。

僕らは列車でこのルートを越えた。日本海ひすいラインである。青海、親不知を通って市振に着いた。山が海に迫っている部分はトンネルのなかを列車は進む。トンネルを抜けたところで目にした光景は、たしかに難所であることを教えてくれる。日本海ひすいラインに沿って北陸自動車道が走っているのだが、その一部は高架になっていて、その下は海だった。道を支える柱を立てる土地がないほど山が海に迫っているわけだ。

市振駅は無人駅だった。ホームと海との間はそれほど距離はなく、そこには防雪・防風用のフェンスがつくられていた。しかし、海からの風はそのフェンスを越えて吹きつける。思わずマフラーを巻き直した。

市振駅から市振の集落までは少し距離があった。冷たい風のなか、急ぎ足で向かう。というのも、日本海ひすいラインを走る列車の本数が少なく、次の列車を逃すとだいぶ時間の無駄が出てしまいそうだった。次の列車は一時間八分後だった。

市振の集落の中央を北陸道が通っていた。出雲崎に比べると家が少ない分、バイパスをつくる必要も土地もなかったのだろう。北陸道は普通の車道だった。集落の東端、つまり糸魚川方面からきたときの市振の入り口に「海道の松」があるという話を聞いていた。

それは松の大木だった。駒返し、親不知子不知という難所をほうほうの体《てい》で越えた旅人は、遠くにこの松を目にし、

「やっと市振……」

と胸をなでおろしたと伝わっていた。芭蕉の時代もあったかどうかはわからないが、「おくのほそ道」には、

――今日《けふ》は親しらず・子しらず・犬もどり・駒返《こまがへ》しなど云北国《いふほくこく》一の難所《なんじよ》を越《こえ》て、つかれ侍れば、枕引《ひき》よせて寐《いね》たるに、（後略）

と書かれている。やはり疲れたのだ。そんな難所が有名にした松だった。

しかし僕らが目にした松はあまりに貧弱だった。細い幹の松で高さは四、五メートル。海道の松は高さ三十メートルはあったというから、別物だった。脇に立てられた案内板でその理由がわかった。海道の松は、二〇一六年の台風で折れてしまったのだ。いまの松は、その後に植えられたものだった。

引用した「枕引《ひき》よせて寐《いね》たるに」の先には、「おくのほそ道」にしては珍しく、遊女が登場してくる。そしてこんな句が掲載されている。

一家《ひとつや》に遊女もねたり萩と月

伊勢神宮に参拝しようとする遊女の悲しい話が紹介されている。句に続いて、

——曾良にかたれば、書《かき》とゞめ侍る。

と記されている。曾良旅日記を見るのだが、そんな記述はなにもない。そのあたりから、市振の遊女の話は創作という説が定着した。芭蕉は「おくのほそ道」をノンフィクションの紀行文というより、ひとつの物語ととらえている。小説とはいわ

ないが、事実だけしか書けないと自分を縛っているわけではない。酒田にゆっくり滞在したのは象潟の後なのだが、旅の時系列も崩している。紀行文というノンフィクションの形を借りた物語という発想だろう。市振で遊女を登場させることに、芭蕉はなんの疑問もなかったはずだ。

気になるのは、なぜ市振で遊女の話を書いたかということである。僕は本も書くから、もしそうだとしたら、芭蕉は俳人と同時に、なかなかのストーリーテラーだと思う。一冊の本を読むとき、読者というものは、必ず途中で本を置く。読み疲れということもあるのだが、ある種の飽きだと思う。そこを乗り越えるために書き手は工夫を凝らす。

それはテレビドラマも同じだった。「水戸黄門」には、ときどき、出演する女性の入浴シーンが登場したのは有名な話だ。ドラマのちょうど半分ぐらいだったたという。これも飽きを乗り越え、チャンネルを変えさせない工夫だった。山本健吉は『奥の細道』（飯塚書店）で、こう書いている。

――これは「紀行」に変化と色彩を添えるために、芭蕉がつくりだした話であり、句なのである。

「おくのほそ道」は、序、出立、草加などの全部で三十六項がある。市振はその二十七番目にあたる。半分よりやや後ろである。読者はやや読むことに疲れてくる時期だと芭蕉が読んでいたとしたら……。本を書く人間としては唸《うな》ってしまう。

当時の記録を読むと、出雲崎、柏崎、直江津といった一帯は遊女が多かったという。そこを歩いた芭蕉は、そろそろ書くかな……と思っていたのかもしれない。

研究者によると、「おくのほそ道」は後半になるほど一項のなかで掲載される句の数が増えている。これも芭蕉の計算では……という人もいる。「おくのほそ道」という一冊の本は、その構成の完成度も高いということなのだろうか。江戸の元禄時代に人々が読んだ書籍について、僕は詳しくはない。しかし「おくのほそ道」が、そこまでの配慮のなかで世に出たとしたら、いまの小説にもひけをとらないレベルということになる。いやそれ以上か。「おくのほそ道」の奥は深いということか。

未舗装の峠を登り国見山の山頂で

なんとか市振から西に向から列車に間に合い、泊駅で乗り換えて石動《いするぎ》駅へ向から。この列車にこだわったのは、本数が少ないこと以外にも理由があった。小矢部《おやべ》市役所の船見幸広さんが案内してくれることになっていたのだ。

芭蕉は石動から倶利伽羅峠を越えて金沢に着いている。峠を越える北陸道は歴史国道に選定され、整備されていた。写真を見ると、車が通る道ではなく、山道である。当時はこんな道だったのだろうか。その道を歩くつもりだった。出雲崎や市振の北陸道も雰囲気はあったが、やはり未舗装の峠道はより当時に近い気がした。

しかし峠道の雪の具合はどうなのだろうか。それを小矢部市に訊いたところ、船見さんが案内してくれることになった。しかし雪は心配だった。連絡をとったときは積雪一、二センチメートルで十分に歩くことができた。

「でも冬の天気はわかりませんから」

当日の天気任せだった。

市振の集落にいたときは曇天だったが、泊駅から石動へと向かうにつれ、雪が降りはじめてしまった。

芭蕉が歩いたのは夏だから、雪の心配はなかった。しかし市振から泊、石動への道には体力を奪われたようだった。理由は川だった。途中には境川、黒部川、神通川など何本もの川があった。当時といまの旅を比べると、川を渡る方法でかなりの差がある。芭蕉の時代は、防衛上の制約や橋をつくる技術の問題もあり、いまよりかなり橋が少なかった。川によっては歩いて越えなくてはならなかった。「おくのほそ道」にも、このあたりの旅を、

――くろべ四十八が瀬《せ》とかや、数しらぬ川をわたりて、（後略）

と書かれている。この区間の旅で、芭蕉はかなり疲れ、体調も崩してしまっている。

列車は石動駅に着いた。船見さんの運転で埴生護国八幡宮に向かった。雪がかなり激しくなってくる。倶利伽羅峠は、芭蕉より木曾義仲と平家との戦いのほうが知られている気がする。木曾義仲は奇襲で平家の大軍を破り、京に進軍した。戦いを前に、義仲はこの八幡宮で戦勝を祈願したといわれる。以来、ここは峠の名勝地になっていた。芭蕉も参拝している。本殿脇には、芭蕉門下で、芭蕉の臨終を看とっ

た各務支考《かがみしこう》の句碑もあった。

峠に登った後になるが、小矢部市内にある各務支考の獅子塚を訪ねた。支考は自らの死を世間に吹聴し、実は獅子塚のある観音寺にこもっていたという俳人である。蕉門十哲のひとりに数えられ、その後、彼はこの地で芭蕉風の俳句を指導していった。

僕らが埴生護国八幡宮を訪ねたのは、別の目的があった。もともと観光地には触手が動かないタイプである。この八幡宮の近くから、倶利伽羅峠に向かう北国道がのびていたのだ。そこを一時間ほど歩いて峠に出る。それを今日のミッションにしていた。

車道からその道に入った。

「ずぶッ」

靴は雪のなかに十センチメートル近く沈んだ。さらにもう一歩。また「ずぶッ」と雪に埋まる。一メートル進むと、枝に積もった雪がどどーッと落ちてきた。雪まみれである。見あげると、大粒の雪がどんどん落ちてくる。それでも五メートルほど進んでみた。……諦めた。とても峠まで行けそうもない。たった五メートルで退散するしかなかった。

車で倶利伽羅峠まで登った。倶利迦羅不動寺から上は、車でも難しい雪道になっていた。積雪は二十センチメートルを超えていた。

途中で車を降り、歩いて最高地点の国見山の山頂まで登った。すねあたりまで雪に埋まる山道である。なんとか頂にはたどり着いたが、視界は白一色だった。山も空も区別がない。船見さんの運転する車がなかったら、ここまで登ることもできなかったが、頂を包んでいたのは、冬の日本海の白く染まった世界だけだった。

頂には五社権現という石殿があった。建立は一六七七年と刻まれていた。ということは、芭蕉が峠を越えたとき、すでに建っていたことになる。しかし「おくのほそ道」や曾良の日記には、その記述がない。

なぜなのだろうか。

そのあたりから芭蕉と曾良の微妙な関係が浮かびあがってくる。

その話は次章でゆっくりと——。

山中温泉の中心にある「菊の湯」。

第四章 金沢を出発し、終着の大垣をめざす

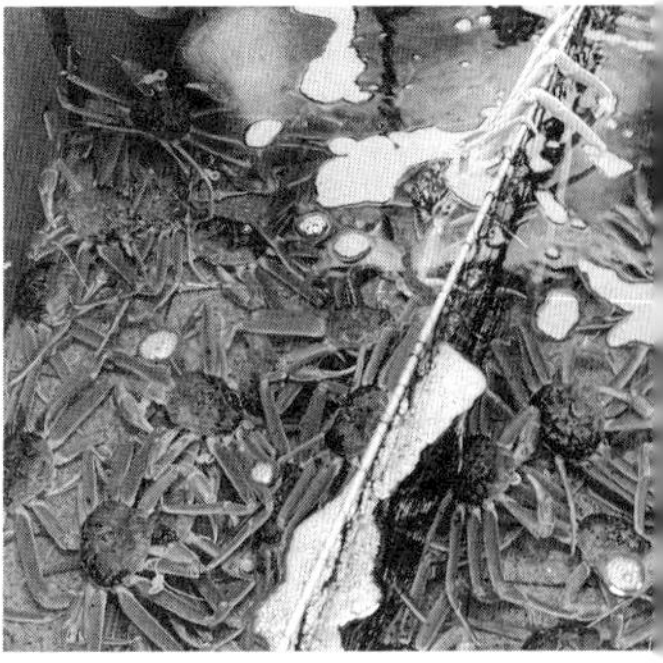
福井県で水揚げされた雄のズワイガニ（越前ガニ）。

「おくのほそ道」では語られていないが、市振から高岡までの道は、芭蕉にはかなりつらかったようだった。曾良旅日記にはこう書かれている。

――高岡ニ申ノ上刻、着テ宿。翁、気色不レ勝。暑極テ甚。小□同然。

高岡に着き、芭蕉は気分がすぐれず、気温もかなり高い。小の次の文字は判読できないようだが、研究者の間では「病」ではないかといわれている。つまりかなり弱っていたのだ。

ところが翌日の曾良旅日記には、

――快晴。高岡ヲ立、（中略）クリカラ《倶利伽羅》ヲ見テ、未ノ中刻、金沢ニ着。

金沢には午後二時に着いている。当時の記録では、高岡から金沢まで、倶利伽羅峠を越える道は十一里、つまり約四十四キロメートルあった。そこを歩いたとすれば速すぎるのだ。研究者の間では、馬に乗ったはずという。あるいはかごかもしれない。つまり、馬かかごで峠を越えたから、第三章の終わりで紹介した五社権現は見なかった……。これが僕の推測である。

高岡に着いた芭蕉の体調はよくなかった。一説ではひどい下痢だったともいう。これまでの芭蕉と曾良の旅なら、高岡に一、二泊したはずである。しかし芭蕉は翌日、金沢へ行くといい張る。曾良は芭蕉の性格を知っていた。頑固なのだ。

そこで曾良は馬かかごを工面することになる。

なぜ、芭蕉がそれほどまでに早く金沢に行きたかったのか。それは金沢には旧知や門人たちがいたからだ。伏線は酒田あたりからあった。「おくのほそ道」にはこう書かれている。

——酒田の余波《なごり》日を重《かさね》て、北陸道《ほくろくだう》の雲に望《のぞむ》。遙々《えうえう》のおもひ胸をいたましめて、加賀の府まで百卅里と聞《きく》。

はるか遠くまでの旅の思いに胸を痛め、金沢まで百三十里と聞いたというわけだ。象潟を訪ねることは、旅の目的のひとつだった。しかしそれを終えると、心は金沢に飛んでいくというか、金沢まで頑張って歩けばなんとかなるといった思いが伝わってくる。素直に読めば、金沢が「おくのほそ道」の終点ともとれてしまう。酒田から高岡までの道は大変だった。僕らのように雪に苦労することはなかったが、海岸沿いの砂に足をとられ、駒返し、親不知子不知といった難所もあった。そこを歩きながら、芭蕉は、「金沢に着けば……」と思い描いていたのかもしれなかった。

旅を共にする曾良も、そんな芭蕉の思いを十分に知っていたはずだ。

金沢に着いたのは八月二十九日だった。ところがその翌々日の曾良旅日記には、こう書かれている。

――快晴。翁、源意庵へ遊。予、病気故、不レ随。今夜、丑ノ比ヨリ雨強降テ、暁止。

高岡では疲労困憊だった芭蕉だが、金沢に着いたとたん、急に元気になったのだろう。いそいそと出かけている。まわりに親しい知り合いや弟子が何人もいれば、やはり気分は楽になる。芭蕉は頑固だったと伝わっているが、裏を返せば我がままでもあった。芭蕉一門の宗匠なのだから、それは当然のことなのかもしれないが、彼の行動は、ある意味わかりやすい。江戸からの旅で、それを支えたのは曾良だった。ところが金沢に着いた曾良は寝込んでしまう。雨が強くなり、明け方に止んだと記されている。つまり、なかなか寝つけなかったということだ。

この日の曾良の日記は切ない。いつも通り、簡潔な書き方なのだが、寂しさがにじんでいる。

金沢に着いた日の曾良旅日記は、こう書かれている。

――京や吉兵衛ニ宿かり、竹雀・一笑へ通ズ、艮《即》刻、竹雀・牧童同道ニテ来テ談。一笑、去十二月六日死去ノ由。

金沢には知人や門人が多いから、宿の心配もなかったのだろう。芭蕉が到着したことを弟子の竹雀《ちくじやく》と一笑《いつしよう》に伝えようとするのだが、一笑は前年に死去していたことを知らされる。

『芭蕉はどんな旅をしたのか』にはこう書かれている。

――一笑は通称を茶屋新七という刀研師である。いつ頃から蕉門に入ったのかはわからないが、二年前の貞享四年に近江の蕉門尚白《しようはく》が撰した『孤松《ひとりまつ》』に一九四句も取り上げられていた。そのことは芭蕉も知っていたから、この新進気鋭に会うことを心待ちにして、病いをおして道を急いだに違いない。一笑には芭蕉に親炙《しんしや》する機

会がなかったから、芭蕉が金沢に立ち寄ることを知らされて、胸を高鳴らせて待っていたはずだ。（後略）

ところが、一笑は死去していた。

「おくのほそ道」では、芭蕉はこう書いている。

——一笑《いつせう》と云《いふ》ものは、此道《このみち》にすける名のほの〴〵聞《きこ》えて、世に知人《しるひと》も侍《はべり》しに、去年《こぞ》の冬、早世《さうせい》したりとて、其《その》兄追善《ついぜん》を催《もよほ》すに、

塚も動け我泣声《わがなくこゑ》は秋の風

一笑を忍ぶ句会で、芭蕉はこう詠み、「おくのほそ道」に掲載している。一笑の塚も動けよ。私の泣く声は秋の風のように切ない……そんな意味になるだろうか。

この句会に曾良も参加している。曾良旅日記によると、

——予、病気故、未ノ刻ヨリ行。暮過、各ニ先達テ帰。亭主ノ松。

句会はノ松《べつしよう》が主催した。曾良の体調はよくなかったが、二時頃、句会に行った。

皆より先に宿に戻っている。

芭蕉の思いを、曾良はよくわかっていた。芭蕉一門のリーダーとしたら、才能がありそうな人材を発掘するのは大切なことだ。芭蕉は新しい俳句の世界をつくろうとしていたのだから、そんな若い俳人にことさら目をかけることになる。その傾向は、ほかの宗匠より強かったともいわれる。一笑の死はそんな芭蕉にとってもショックだった。

金沢に到着以来、知人や門下が宿を手配し、句会を仕切っていく。多くの弟子たちは、芭蕉がやってくることを待ち続けていた。歓待される芭蕉の脇には曾良がいたはずだ。弟子たちは、曾良にもねぎらいの言葉を伝えただろうが、それは儀礼の空気をまとっている。視線は芭蕉に向けられてしまうのだ。それはしかたのないことだった。突きつめれば、弟子たちが待っていたのは、曾良ではなく芭蕉だった。

そこで曾良は寝込んでしまう。

眠れぬ夜、曾良はなにを考えていたのだろうかと思う。それは自分自身の才能についてだった気がしなくもない。

曾良の几帳面さに支えられた旅だった

曾良は一六四九年、現在の長野県諏訪市に生まれた。河合曾良という。芭蕉が一六四四年生まれだから五歳若い。両親、そして彼を引きとった養父母も死亡し、伊勢の寺で育てられたと伝わっている。

その後、長島藩に仕えた。貞享年間（一六八四年から一六八八年）に芭蕉に入門している。三十歳代の後半である。蕉門十哲という芭蕉の弟子ベストテンにも入っているが、その後、名をあげる其角、嵐雪、去来といった俳人に比べると精彩に欠けている。「おくのほそ道」の旅で芭蕉に同行しなかったら、忘れられていく存在かもしれない。いや、曾良の名をいまに残しているのは、その句ではなく、曾良旅日記という記録である。

「おくのほそ道」は創作の要素がかなりある。「おくのほそ道」だけでは、歩いたルートも日程も曖昧になる。ところが曾良旅日記には、克明に旅の記録が残されていた。芭蕉というか、「おくのほそ道」研究は、曾良旅日記の発見で一気に進むことなる。曾良はその几帳面さと、気難しい面がある芭蕉を受け入れる穏やかな性格で、蕉門十哲のなかでの存在感を保っている気がしなくもない。

しかし「おくのほそ道」の同伴者として最初に名があがっていたのは路通という俳人だった。

蕉門十哲のひとり、去来が書いた「旅寝論」という魅力的なタイトルの本を、学生時代、古本屋の片隅でみつけた。岩波文庫だった。ちょっと読んでみたが、去来が語る俳句づくりの本にも読みとれた。当時、「おくのほそ道」には興味があったが、俳句には縁がなく、本棚で奥に埋もれていたが、「おくのほそ道」をたどることになり、いろいろな本を読みちらかしているうちに、路通が登場し、『去来抄・三冊子・旅寝論』（岩波文庫）のなかの「旅寝論」という章に、こう書かれていることを知った。

――猿蓑撰候比、越人路通をいむ。此故に別僧の二字に改て先師にさゝぐ。先師もことに興じ給ひ侍る也。

越人《えつじん》は越智《おち》越人という俳人で、芭蕉一門の重鎮だった。路通という俳人は、どこか激しいところがあったのか、芭蕉の弟子たちの間で嫌われることがあった。後に、破門になるが、死期が迫った芭蕉はその破門を解いている。

周囲からは問題児扱いされていた路通だが、芭蕉は買っていた。「おくのほそ道」の旅の同伴者を路通にしようとする。しかし弟子たちの猛反対に遭ったのかもしれない。芭蕉に心酔し、旅する芭蕉を支えていく人材……そこで曾良になった気がする。

実際、曾良がこなした任務は、大変だった。マネージャー兼コーディネーター兼会計兼記録……と忙しい。もし、路通が同行していたら、どういう展開になっていたか……。「おくのほそ道」という旅自体が成立しなかった気もする。

曾良には大抜擢に映ったのだろうか。芭蕉と半年以上、共に旅ができることに満足していた節もある。曾良にとって芭蕉は憧れの俳人でもあった。

芭蕉も曾良のことは認めていた。曾良は深川で芭蕉の世話をしていたときがあったが、その印象を「性、隠閑をこのむ人にて……」と語っている。隠閑はいい言葉だと思う。いんかんと読む。世を避けて、静かに暮らすことを好む性格となるだろうか。俳句の才はいまひとつだったが、人柄はよかった。幼いときに両親と死別し、他人のもとで育った人生だった。運命に我慢強く従っていく性格だったのだろうか。

　僕には彼の几帳面さが目にとまる。同行が決まると、備忘録をつくっている。歌枕といわれた名所の資料づくりである。芭蕉はそれに目を通し、句のヒントを得、ときにその内容を句に使ったりする。本の世界でいえば、親切な編集者である。旅に同行し、訪ねる先の歴史や逸話などを下調べしておいてくれる。作家はそれを参考にしていく。

　本が売れていた時代は、本当にそうだったらしい。高校時代、五木寛之をよく読んだ。そのなかに『にっぽん漂流』（文藝春秋）という本がある。編集部のMさんやY青年が登場する。たまたま立石寺を訪ねている。曾良旅日記の引用もある。立石寺に向かう前、編集部のMさんがコピーしたのだろう。曾良のような存在なのだ。その旅では天童温泉に泊まり、四人の芸者を呼んでいる。その費用はすべて出版社もちなのだ。信州の松本で高校に通っていた僕は、

「作家になれば、出版社はここまでやってくれるのか……」

と常念岳を眺めながら呟いたものだった。

それから五十年……。僕は旅行作家といわれるようになったが、編集者が同行する時代は終わっていた。少なくとも旅行作家の世界では。

活字離れは決定的で、出版不況の冷たい風が吹き抜けるなか、出版社には、編集者を旅に同行させる余裕はなくなっていた。それどころか、旅の経費も出ないことが多くなってしまった。旅行作家といわれるようにはなったが、自分で資料を集め、ネットの記事の執筆などで旅の経費を捻出しなくてはならなくなっている。

この種の話になるとつい愚痴っぽくなってしまう。

話は江戸時代の曾良である。

備忘録などは、旅の前に調べればよかったが、曾良が本当に心を砕いたのは、旅の費用ではないかと思う。そのことについては、ときどき触れてもいる。芭蕉は「おくのほそ道」の旅に出る前、手紙にこう書いている。

——こもかぶるべき心がけにて御坐候。

こもとは藁で粗く織ったむしろのことだ。つまり物乞いになってもいいという心境だと書いている。しかし「おくのほそ道」の旅では、野宿の旅は一回もない。宿代を曾良が調達したのだ。

旅に発つとき、芭蕉らは門人たちからの餞別を受けとっている。芭蕉の弟子には杉風という資金力のある商人もいた。餞別はかなりの額になったと思うが、それだけですべての費用をまかなうことはできなかった。

「おくのほそ道」という本は、さまざまな出版社版がある。岩波文庫を手にする人が多いが、その内容と原文には、若干の違いがあるのだという。それが「□」だという。たしかに原文を見ると、ところどころに「□」や「□」が書いてある。これはなんなのだろうか。意味ありげな記号である。研究者の間では、「これが収入」と考えられている。いまの時代なら、その金額を書き込んだのだろうが、曾良にしたら卑しいという思いもあっただろう。芭蕉は俗な社会を嫌うところがあったから、曾良旅日記に金額が書かれているのを目にすると、芭蕉の機嫌が悪くなるという気遣いもあっただろうか。しかし根が几帳面なのだ。「□」の記号で収入を書いたとされている。

ではなんの収入だろうか。句会だった。

地方で句会に集まるのは財を築いた商人や有力者だった。句会に出れば、江戸で名をあげた俳人の指導を受けたことになる。当然、餞別という名の授業料を受けとることになる。なかには、芭蕉が書いた短冊を記念にほしがる人もいるかもしれない。サインをほしがる心理である。そこでも金が動く気がする。

連句といって数日間、句を楽しむ会もあった。こうなると餞別の金額があがっていく。

芭蕉と曾良はこうして途中でちょこちょこ稼ぎ、旅を続けたようだった。それを仕切り、金を受けとり、

「これだけ集まればあと十日間は大丈夫」

などと算段するのも曾良だった。

「金はあとどのくらいあるのだ」

などと芭蕉は曾良に訊いていたのかはわからない。しかし表向きは、漂泊の旅である。芭蕉は金にかかわるわけにはいかない。ある意味で、汚れ役を曾良が引き受

けていたことになる。

しかし、訪ねる街で確実に句会を開くことができる手はずを整えていたわけではないようだ。もしそうなら、曾良旅日記に記されているはずだ。句会が流れてしまう不安のなかで街道を進んでいた。

曾良には、芭蕉に苦労を強いることなく、「おくのほそ道」の旅を続けるために金を集め、宿をみつけることが自分の役割だという思いがあったのだろう。なにしろ、心酔する芭蕉と一緒に旅ができるのだ。金が底をつく不安のなかで、曾良は一回だけ托鉢に出ている。殺生石に近い湯本だった。

――十九日　快晴。予、鉢ニ出ル。

短く書かれている。資金に不安があり、ひょっとしたら頻繁に托鉢をしていたが、日記に書いたのはここだけとも考えられる。しかし几帳面な彼だから、托鉢に出れば書き記したような気もする。

おそらく芭蕉は托鉢には出ていない。芭蕉のため、「おくのほそ道」のために曾良は村を歩き、道に立った。曾良の献身を芭蕉はわかっていた。だからときどき、

「おくのほそ道」に曾良の句を載せている。なかには芭蕉の句を、曾良が詠んだようにして掲載した句もあるという研究者もいる。

句の才能はないが、憧れの芭蕉の世話をすることで曾良は弟子のなかでの存在感をつくっていく。いや、それは意図したことではないかもしれない。しかし献身の見返りが「おくのほそ道」に載る曾良の句だとしたら、この本はよくできた本だと思う。

しかし曾良とて人間である。

たとえば尿前の関。「おくのほそ道」で芭蕉は、

蚤虱《のみしらみ》馬の尿《しと》する枕もと

という句を載せている。これを読むと厩の脇に寝ていることを想像してしまう。東北には曲屋という家の形態がある。人の居住スペースと厩が合体したようなつくりだ。そんな家に泊まったのか、と想像してみる。しかし研究者によると、尿前で

は庄屋の家に泊まっている。馬も飼っていたかもしれないが、「枕もとで尿する……」というのは誇張ではないかという。この庄屋と話をつけたのは曾良だろう。「おくのほそ道」が書かれたのは、旅が終わった後だから、問題はないといえばそうなのだが。

芭蕉は野宿もする覚悟で「おくのほそ道」の旅に出ているが、貧しく汚い宿は苦手だったといわれる。すぐに胃弱と痔という持病が出てしまうのだ。曾良は芭蕉のそんな性格がわかっていたから、宿を見て、これはだめだと思うと、庄屋の家に頼みこんで宿を確保していったらしい。

こんなこともあった。疲れはてて柏崎に着き、紹介状をもらっていた弥惣兵衛の家を訪ねた。そこに泊まることになっていた。ところが、弥惣兵衛は談林派の俳人だったようで、芭蕉に対して冷たく接した。そこで芭蕉は切れてしまう。曾良は日記にこう書いている。

――（前略）不レ快シテ出ヅ。道迄両度人走テ止、不レ止シテ出。小雨折々降ル。

芭蕉は弥惣兵衛の家を出てしまう。悪いと思ったのか、弥惣兵衛は二度、人をよこして思い止まるように伝えるのだが、芭蕉は頑として受けつけず、小雨のなかを次に宿がある鉢崎に向けて歩き続けた。

不快に思ったのは曾良も同じだろうが、苦労して育った曾良は、ことを穏便にすませようとした気がする。小雨のなか、おたおたと芭蕉を追う曾良の姿が浮かんでくる。内心、「そこまでへそを曲げなくても……」と思っていたかもしれない。

こういうと曾良は笑いながら首を横に振るかもしれないが、彼の芭蕉への献身ぶりを考えていくと、岡田以蔵とだぶってきてしまう。幕末に生き、人斬り以蔵といわれた男である。武市半平太を心酔する彼は、武市の満足げな顔を見たいがために、暗殺を繰り返していく。実際はどうだったかわからないが、そんなイメージで描かれている作品が多い。岡田以蔵に比べれば、曾良は穏やかで救われるが、旅の日々のなかで、師と仰ぐ芭蕉が喜んでくれる手配や世話にひたすら心を砕いていく。

そのなかで芭蕉とは、ふたりにしかわからない関係がつくられていったのだろう。

しかしそれは金沢までだった。金沢には多くの芭蕉門下の弟子がいた。竹雀、牧童、北枝《ほくし》、高徹、一泉、丿松、雲口、一水……、十人以上が入れ替わり立ち替わり芭蕉の世話をするのだ。彼らは土地に詳しいから、曾良が手配することはなにもない。することがないのだ。弟子に囲まれて目の輝きを変える芭蕉に比べ、曾良は精彩を欠いていく。曾良の病は腹痛といわれているが、そんな無力感が遠因になっていた気がする。曾良の体調を気遣い、往診にやってきて、薬を処方してくれる医者の高徹も芭蕉の弟子なのだ。

日記も急にそっけなくなる。書くことがないのだからしかたないのだが。

——十八日　快晴。

十九日　快晴。各来。

曾良というひとりの男がいとおしく思えてくる。

芭蕉と曾良は金沢に九泊した。芭蕉は連日、弟子たちと一緒に出かけていった。しかし曾良の病は全快しない。ふさぎ込むように部屋にこもっていたのだろうか。

金沢から那谷寺、そして山中温泉で曾良と一旦別れる

出発の朝の様子を曾良は日記にこう書いている。

――快晴。金沢ヲ立。小春・牧童・乙州、町ハヅレ迄送ル。雲口・一泉・徳子等、野々市迄送ル。餅・酒等持参。

大勢の見送りになった。「おくのほそ道御一行様」といったところだろうか。芭蕉と曾良のふたり旅になれば、いつもの「おくのほそ道」になるのだが、曾良の体調への気遣いもあったのか、北枝は山中温泉や那谷寺まで同行している。三人の旅になったわけだ。北枝は地元の俳人だから土地勘もある。そして山中温泉で芭蕉と曾良は別れることになる。

その道を僕らもたどることになる。芭蕉らが歩いたのは北陸道である。JRの北陸本線よりだいぶ内陸側を通っていた。できるだけ芭蕉が通った道をたどりたい……再び路線バスの世界になった。

金沢駅前を発車するバスを調べていくと、北陸鉄道の路線バスの寺井中央行きがよさそうだった。途中、野々市も通る。曾良旅日記に出てきた地名だ。これまでも何回も経験しているが、路線バスは市町村のエリアのなかの運行になっていることが多い。寺井中央から小松市内を中心にして走る小松バスに乗り継ぐことになる。

金沢駅前から路線バスに一時間ほど揺られた。背後から暗い雪雲が迫っていた。しばらくすれば雪が降りはじめるかもしれなかった。

北陸鉄道バスの寺井中央で降りたが、そこに小松バスのバス停がない。運転手さんに訊くと、小松バスのバス停は四ツ角を渡った先だという。路線バスを使う旅はなかなか煩雑だ。

小松バスの終点はＪＲの小松駅だった。僕らはここから那谷《なた》寺行きのバスに乗るつもりだった。寺井中央で乗ったバスが小松駅に着くのが午前十時。那谷寺行きのバスが発車するのが午前十時。だめもとで運転手さんに訊いてみる。

「この小松駅行きのバスは、渋滞がなければ、通常、一分前には小松駅に着きます。那谷寺行きのバス停はすぐそばですから……」

バスが小松駅に着いたのは九時五十八分三十秒。ダッシュで……間に合った。

金沢を発った芭蕉は小松を経て、山中温泉に向かい、そこから那谷寺を訪ねている。道筋からいえば、小松、那谷寺、山中温泉と進んだほうが効率がいい。しかしここを歩いたときは、北枝という地元の俳人も同行していた。彼を通して、地元の俳人たちの声も届いてくる。

実際、小松を出発しようとすると、地元の俳人たちから、芭蕉の指導を受けたいという声が届く。こういう依頼は、芭蕉は積極的に受け入れた。餞別も届く。そこで小松に二泊といった具合だった。曾良とふたり旅なら、一泊で出発していただろう。そして小松の項がつくられ、

むざんやな甲《かぶと》の下のきり〴〵す

という句が「おくのほそ道」に載ることになる。小松では多太神社を参拝している。ここには源氏の木曾義仲軍と平氏との合戦で死んだ斎藤実盛の兜などが保存されている。実盛の供養の句をきりぎりすで表現してしまうあたりは、さすがに芭蕉である。

先に山中温泉に行ったのは、再度、小松で俳人と会うことになったかららしい。山中温泉から小松への途中で那谷寺に寄っている。しかし「おくのほそ道」では、

そのへんの事情にも触れず、那谷寺、山中温泉という順番になっている。芭蕉、曾良、北枝は、金沢、小松、山中温泉と進んだが、ここで曾良が別れることになる。

曾良の病状はなかなか回復しなかったようだ。山中温泉に着いても腹痛は続いている。研究者の間では、「このままの状態では芭蕉の世話をするどころか、足手まといになってしまう」と曾良は考えたのではないかといわれている。曾良の性格からすれば、そう思っても不思議はない。その決断を後追いしたのが、北枝の存在だった。この先も世話をしてくれるはずだった。そして山中温泉から大垣までの間には、芭蕉の弟子もいる。福井にいた等栽という俳人の存在も大きかった。芭蕉とは気心が知れた仲である。

そこで曾良は、芭蕉らと別行動をとることを決めた。曾良はひと足先に出発し、大垣に着いたら迎えを送るように依頼するという段取りだったといわれる。そんな気遣いをするのも曾良らしかった。冷静に考え、芭蕉の旅がスムーズに進む策を考えたのだろう。芭蕉に対して滅私の姿勢はいつも変わらなかった。

山中温泉を発った日、曾良は日記にこう書いている。

――（前略）□談ジテ帰テ、艮《即》刻、立。

□は判読できないということだが、岩波文庫の『芭蕉おくのほそ道』には、脚注で「輒」か、と書かれている。また「則請ジテ」と読んでいる本もあるという。そしてその前には□□◫という記号もある。

これは曾良ひとりの行動だ。その日、芭蕉と北枝は先に出発している。ふたりは先に進むのではなく、那谷寺に寄り、小松に戻るルートだ。その後、曾良は福井方面に向けて出発する。その前に、誰かと会い、ばたばたと発っている。□が金額だとすれば、金を工面していることになる。

曾良旅日記は記録だから、その内容に不審を抱くような部分はほとんどない。しかしこの日の行動はよくわからない。

曾良は芭蕉の男色の相手という話もある。芭蕉には忍者説もあり、「おくのほそ道」は旅を装って、東北、とくに伊達藩の動向を探る目的があったという人もいる。さらに密偵は芭蕉というより曾良だという主張もある。というのも、曾良はその後、幕府の命を受け、諸国の大名などの動行を探る巡見使の随員になり、九州に出向いたりしているからだ。

僕はあえてその種の話に触れず、旅としての「おくのほそ道」を描こうと思っている。そういう視点から眺めると、曾良旅日記に妙なところはまったくといっていいほどない。

芭蕉の世話をし、「おくのほそ道」という旅を完成させるには、どうしても資金が必要になる。それを担ったのが曾良だが、山中温泉からは別々になる。芭蕉は自分から金策などしないから、大垣までのルートにいる弟子や知人が頼りになる。しかしそれがうまくいくかどうか……。曾良は不安だったのかもしれない。実際、この先、敦賀では、やがてやってくる芭蕉のために宿に一両を預けている。

曾良にしても、ひとりになると句会を開くこともできないから、途中で資金を補うことは難しい。ある程度、まとまった金が必要だった可能性もある。

「おくのほそ道」の山中温泉の項に、

行《ゆき》〳〵てたふれ伏《ふす》とも萩《はぎ》の原

という曾良の句が載っている。この先、行き倒れてしまうかもしれないが、という句である。これに対して、芭蕉も、

今日《けふ》よりや書付《かきつけ》消さん笠《かさ》の露

と返している。山本健吉は『奥の細道』で、この句をこう解釈している。――旅の門出に、笠の裏に「乾坤無住、同行二人」と書いたのだが、今日からは一人旅だから、その笠に置く露で、その書付を消してしまおう。寂しいことだ。

金沢から那谷寺、そして山中温泉のルートでは、芭蕉と曾良の間にはこんなドラマがあったわけだ。

「芭蕉」でにぎわう山中温泉のいま

小松駅を発ったバスは、四十分ほどで那谷寺に着いた。寺への道の脇には雪が残っていた。那谷寺は岩山を巧みに利用し、本堂や塔などを斜面に配置していた。参詣者は石段や橋を伝って進む。変化に富んだ境内歩きを狙ったようなレイアウトだった。

この那谷寺から山中温泉の手前の山代温泉まで歩くつもりだった。距離は五・九キロメートル。旧街道のような趣のある道とは思えなかったが、このあたりを芭蕉らは歩いたはずだ。寺の入り口にある土産物店兼食堂のおじさんに訊いてみた。

「この雪じゃ無理でしょ」

という言葉がすぐに返ってきた。距離やここまでバスで進んできた道を考えると、歩けるような気がしたのだが。昔、地元の人から、「すぐそこ」といわれ、歩くと一時間なんてことがよくあった。しかし最近は逆ということが珍しくない。地方の人は車移動ばかりであまり歩かなくなってきている。距離感とか、車道ではなく歩道の様子に疎《うと》いのだ。

しかしこうもはっきりいわれると、こちらも、「歩ける」と声高にいいにくい。

結局、勅使《ちょくし》と呼ばれる地区までタクシーに乗った。そこから雪が解けて濡れる小松山中線という道の歩道を進んだ。靴はぐっしょりと濡れてしまったが、四十分ほどで山代温泉に着いてしまった。

「那谷寺からでも歩けたな」

雪空に沈む温泉街を眺めながら思っていた。

山代温泉から山中温泉まではバスに乗った。金沢からひたすら路線バスを乗り継いできた。どのバスも乗客は僕らを含めても五人を超えなかった。しかし山代温泉から乗ったバスは、加賀温泉駅と山中温泉を結ぶ特急バスだった。やはりこういうバスには観光客がいる。座席が適度に埋まった車内にほッとした。

山中温泉は、さながら〝芭蕉温泉〟に映った。バスターミナルから少し歩くと「芭蕉珈琲」というコーヒー店。さらに進むと「芭蕉の小径」、その先に「芭蕉の館」……。最上川以来の芭蕉エリアだった。立石寺や最上川をくだってから、日本海に沿って進んできた。天の川の句の直江津や出雲崎、遊女の句の市振など、「おくのほそ道」で名をあげた土地はあったが、芭蕉という名は、降り続く雪のなかにひっそりと立つ幟《のぼり》に見受ける程度だった。

芭蕉は「おくのほそ道」に、こんな句を載せている。

山中《やまなか》や菊はたおらぬ湯の匂《にほひ》

菊は菊慈童、中国の故事のなかに出てくる少年で、能楽や謡曲の題材でもあるのだという。菊の露を飲んで不老不死の仙人になったという話だ。山中温泉はその菊の露にも勝るにおいだ……と歯が浮くような褒めぶりである。僕はなにを詠んでいるのかまったくわからなかった。当時、菊慈童は皆が知るほどのものだったのだろうか。山中温泉の人にしたら、これほどもちあげてもらって……といったところだろうか。芭蕉にしても、三百年以上がすぎ、この温泉に「芭蕉の小径」や「芭蕉珈琲」が出現するとは思ってもいないのだが。

「おくのほそ道」のルートには、いくつかの有名な温泉がある。那須湯本、飯坂、鳴子……。温泉には浸かっているはずだが、温泉を詠んだ句はなにもない。はじめて登場する句がこれである。どうも芭蕉の感性と温泉は合わなかったのかもしれない。

芭蕉はここで曾良と別れた。そのいきさつは語ったが、「おくのほそ道」をたどる僕らの旅はここで大きな問題に直面してしまう。歩いたルートがわからなくなってしまうのだ。

もちろん曾良は律儀な性格だから、日記はしっかりとつけている。曾良の歩いたルートはわかる。しかし芭蕉はその種の記録をなにも残していない。「おくのほそ道」には創作も含まれている。訪ねた土地の順番が変わることもあれば、大幅な省略もある。

どちらを選ぶかということになるのだが、やはり不確かでも「おくのほそ道」を原稿用紙の横に置くしかない。やや足どりは頼りなくなってしまうが。

芭蕉は北枝とともに那谷寺、小松と進み、そこから永平寺に参詣し、福井に出ている。北枝とは永平寺に近い越前松岡で別れている。北枝は芭蕉が気になったのか、金沢から永平寺まで同行した。「おくのほそ道」には、北枝と別れるときの句が載っている。

そこからは芭蕉のひとり旅になる。芭蕉がひとりで進んだのは、これがはじめてではなかった。山形県と新潟県の境あたりで曾良と別行動、つまり別の道を通っている。曾良旅日記には、こう記されている。

――翁ハ馬ニテ直ニ鼠ヶ関被レ趣。予ハ湯本へ立寄、見物シテ行。

しかしその後、ふたりは合流して旅を続けるわけだから、一時的なことだった。だが北枝と別れてからは、もう曾良とは一緒になることのない道筋になる。実際、芭蕉が曾良と再会するのは「おくのほそ道」の終着地、大垣だった。

では芭蕉は、北陸道をひとりでこつこつと歩いたかというと、そうではなかった。芭蕉には、人は違うがいつも同伴者がいた。越前松岡で北枝と別れた芭蕉は、福井にいた等栽を訪ねていく。

――福井は三里計《ばかり》なれば、夕飯《ゆふげ》したゝめて出《いづ》るに、たそかれの路《みち》たど〳〵し。爰《ここ》に等栽《とうさい》と云《いふ》古き隠士《いんし》有《あり》。（後略）

等栽はかなり高齢だが、まだ生きていた。福井の街で彼に会い、彼の家に二泊する。そして敦賀までふたりで向かうことになる。

僕らは山中温泉で足湯に足を入れた。バスの運行時刻の関係で、共同浴場に入る余裕がなかったのだ。その日は、那谷寺から雪で濡れた道を歩いたので、靴も靴下も濡れていた。冷たい足に山中温泉の湯がしみた。足は一気に温まったが、また濡れて冷たい靴下を穿いて、加賀温泉駅に向かうバスに乗った。駅近くに泊まることも考えたが、JRを使うと簡単に福井に着いてしまう。翌日は、敦賀湾に沿った道を進む。交通の便は悪い。福井まで出ることにした。

「越前海岸かにかにツアーバス」に乗ったはいいが

福井を発った芭蕉と等栽、老人ふたり旅である。ゆっくり進んだはずだ。鯖江《さばえ》、今庄と南下する道になるが、その道を先行して曾良が歩いている。わからなくなるのは今庄の先である。研究者によると、芭蕉は敦賀湾に沿った道を進み、曾良はやや内陸の道を進んだようだ。内陸側の道のほうが険しいためだという。

僕らも敦賀湾に沿った道を進むことにした。しかしここを走るバスはどこを探してもなかった。地図を見ても人口が少ないエリアのようで、路線バスは空白だった。しかしその途中で、妙なバスがみつかった。「越前海岸かにかにツアーバス」だった。冬季限定のバスで、料金は千二百円だった。

越前ガニを食べて、この値段？　それほど世のなかは甘くなかった。しかしそのシステムを訊くと、いかにも日本的なツアーバスだった。バス代には食事代が含まれていなかった。しかしバスが停車するのは、温泉宿や飲食店の前だった。完全予約制のバスで、乗車バス停を決めるためには飲食店を決めなくてはいけなかった。もちろん、飲食店を決め、そこには入らず、店の前でバスを待つことはできた。しかしそこは日本人なのだ。バスの予約先は観光協会だった。受け付けのスタッフに、

「では、お店にも伝えておきますね」

などといわれてしまうと、最後のピースをぴたりとはめられた気になってしまうのだ。うまいといえばうまいやり方という気もするが……。

しかし敦賀湾沿いの道を進みたかったら、このバスしかなかった。その日のミッションもあった。一時間ほど、芭蕉が歩いた道を自分の足でたどってみることを続

けていた。

「敦賀の手前、五キロほどのところでおろしてもらえないでしょうか。そこから歩きたいので」

というと、つれない言葉が返ってきた。

「すいません。ツアーバスなので、途中でおりることができないんです」

歩くのは敦賀の街なかになりそうだった。

このツアーバスに乗るために、福井から特急で武生《たけふ》へ。そこからかれい崎行きのバスに乗った。玉川温泉の「かに八」という店の前でツアーバスに乗るという連絡を入れてあった。かれい崎行きのバスが玉川温泉に停まってくれればよかったのだが、なぜか手前で南に向かってしまう。最後の区間はタクシーを使うしかなかった。

玉川温泉は漁港に面していた。小さな漁港だった。その日は変わりやすい天気で、しばらく前まで、かなりの雨が降っていた。昼はツアーバスのなりゆきで、「かに八」でとることになる。それまで小一時間。早めに入って居座るのも気が引け、近くの玉川洞窟観音で雨宿りをしていた。雨があがるのを待って、港までいってみた。

地図を眺めると、敦賀湾を挟んで対岸には「高速増殖原型炉もんじゅ」があった。柏崎にあった原発といい、日本海に沿った道には、芭蕉の時代には考えられなかったものが突然、負のイメージを携えて出現する。その現実を敦賀の街で痛感することになる。

「かに八」に入り、そのメニューの前で固まっていた。そこには当然、越前ガニのメニューが並んでいた。コースの料理になっていて、横綱四万五千円、大関三万七千五百円、関脇二万九千五百円。この店の主人は相撲ファンらしい。いや、そういうことではなかった。いちばん安いコースでも、二万九千五百円だった。

「おくのほそ道」という本はストイックな本である。温泉に入ってもその描写はほとんどない。日々、食事をしているはずだが、その話もまず登場しない。それは本として意図したものという見方もできるが、曾良の日記を読んでも、食べ物の話は極端に少ない。月山に登ったとき、宿坊で食事が出ているが、

――昼前、本坊ニ至テ、菱切・茶・酒ナド出。

とあっさり。常にこんな感じなのだ。基本的に日記なのだから、「菓子を食べて歩く元気が湧いてきた」とか、「空腹だったので、うどんにはほっとした」といった書き込みがあってもいいと思うのだが。芭蕉と曾良は、句のことしか関心がないようである。ある意味、俳句バカなのだ。

いまの日本の旅ガイドなどは、食べ物情報と温泉ガイドがなかったら、分量は半分以下になってしまうような気もする。そもそもガイドとして成立しないのではないか。

僕らも芭蕉の旅に引っぱられる傾向もあったが、もともと貧しいバックパッカーといわれる旅行作家である。高級な料理には縁がないし、どこかしっくりこないものがある。

玉川温泉にくる前夜、福井に泊まった。夕食をとろうと駅構内を横切ろうとすると、つい足が止まってしまった。「8番らーめん」をみつけてしまったのだ。この店はアジア、とくにタイに多くの店を構えている。多くのショッピングモールで見かける。僕は日本ではあまりラーメンは食べないが、海外では少し事情が違ってくる。安い日本食となると、ラーメンになってしまうのだ。現地の食事を口にすることがほとんどだが、たまには日本食……と思う。しかし日本食は高い。その点、「8番らーめん」は安い。スタンダードのラーメンは七十バーツ、約二百五十円ほどなのだ。最近のタイは物価もあがり、昼の一品が六十バーツ、七十バーツといったことが珍しくない。タイ料理より安いとはいわないが、ほぼ同じような感覚の日本料理なのだ。スタンダードのラーメンの味はシンプルな醬油味というのも僕好みかもしれない。

この「8番らーめん」の発祥は、石川県の加賀市だという。石川県や福井県には、そこそこの数の店があるようだが、東京ではほとんど見かけない。北陸から東京や大阪を飛び越えて、東南アジアで根を張っていたラーメンチェーンだった。

こういう店をみつけるとつい入ってしまう。日本の「8番らーめん」には、スタンダードのラーメンがなく、ややつまらなかったが、野菜ラーメンに満足してしまった。

六百四十九円だった。

ところが越前ガニは、いちばん安いコースが二万九千五百円。横綱は四万五千円もした。野菜ラーメンの六十九倍……。

僕のなかにも、現地の名物を食べたいという思いはある。芭蕉や曾良のように、頭のなかが俳句でいっぱいというわけではない。越前ガニが入る場所はたっぷりある。

しかし、いちばん安いコースでも二万九千五百円なのだ。なんだか、僕が生きている世界と違うのだ。「越前海岸かにかにツアーバス」は、そんな世界を走るバスということだろうか。いや、越前ガニは、それほどの金額を払う価値がある味ということなのだ。

僕は阿部カメラマンと顔を見合わせ、

「あの……海鮮丼をお願いします」

と店員に伝えた。いちばん安いメニューだった。二千五百三十円だった。

バスの予約イコール店の予約だから、店には申し訳ない気がしたが、本格的な越前ガニの世界を知らなかった。しかし海鮮丼も豪華だった。地元でしか流通しないガサエビ、甘エビ、ブリ、イカ……。本場まできて越前ガニには手が届かなかったが、ガサエビがその無念さを埋めてくれた。

バスは定刻に「かに八」の前に停車した。そこから料理店の前で予約客を拾いながら敦賀湾に沿った道を南下していった。芭蕉と等栽が、海を右手に見ながら進んでいった道である。

敦賀という街の違和感とは

「越前海岸かにかにツアーバス」が敦賀駅前に着いたのは午後の三時半だった。その足で、芭蕉も泊まったはずの出雲屋があった場所に向かった。出雲屋の建物が残っているわけではないが、芭蕉よりひと足先に進んでいった曾良がここで顔をのぞかせる。

駅前からの道を歩いたが、道の両側には立派なアーケードが続いていた。これなら大雪に見舞われても大丈夫そうだったが、人の姿がほとんどなかった。店も六、七割はシャッターがおろされていた。街の寂れ具合に比べ、アーケードが立派すぎるのだ。

やはりそういうこと？　と考えながら歩いたが、旅を終えて三ヵ月ほどしたとき、朝日新聞のある記事が目にとまった。それは、「原発が動いていなくても　原電と関電　敦賀市に15億円」という記事だった。日本原子力発電と関西電力が、二〇一八年度から二一年度にかけ、市道整備費として十五億円を提供するという内容だった。

この資金と立派すぎるアーケードは直接は関係ないのかもしれないが、街に不協和音を生む構造ということのようだった。

アーケードは氣比神宮の先にも続いていた。人の少ない商店街を歩いていくと、「芭蕉翁逗留出雲屋敷跡」という石柱が見えた。

しかし芭蕉が出雲屋に泊まったのかどうかはわからない。「おくのほそ道」には書かれていないからだ。曾良とは別行動である。しかしおそらく泊まった……という根拠がある。曾良がこの宿に一両を預けているからだ。当時の物価では、レベルの高い宿は一泊二百文程度だったようだ。金一両は四千文程度だったから、一両というのはかなりの額になる。

大金を出雲屋に預ける以上、曾良は芭蕉に、「出雲屋に一両を預けるので、そこから終点の大垣までは心配ありません」と伝えていたような気がする。「おくのほそ道」には、それを受けとったとも書かれていないが。曾良はそこまで気を遣っていたわけだ。金銭的な面では芭蕉に不自由させない——これが曾良のポリシーだったようにも思う。師への献身と理解する人は多いが、いくら芭蕉の旅を支えようとしても能力がなければできることではない。

もうひとつ出雲屋にからんで気になることがあった。芭蕉は出雲屋に、旅で使った杖と笠を置いている。出雲屋に預けたのか、礼のようにして渡したのかは不明だが、そのうちの杖が敦賀市の博物館に展示されている。

敦賀からは馬に乗ったようで、杖はもういらなくなったということかもしれない。芭蕉が旅で使った私物は、その才にあやかりたいと思うのか、弟子たちにしたらお宝グッズだったようだ。

大垣に着いた芭蕉は、旅で使った紙子を鍛冶屋だったという竹戸《ちくこ》という人物にあげている。紙子は、厚めの紙に柿渋を塗って何回ももんで柔らかくしたものだという。紙だから軽い。保温性も高かったようだ。寒い夜はこれを上からかけた。雨が降ればかっぱにもなったという。

高校時代、僕は和傘といわれる傘を使っていた。重かったが、なんだか雰囲気がよかったのだ。どこかの旅館にあったものだと思う。紙を張った傘で、油をしみ込ませたようにも思えたが、それは柿渋を塗ったものだったのだろうか。

この紙子というものに興味があった。民芸品という意味ではない。僕の旅に使えるかもしれないと思ったのだ。軽いことは魅力だった。折りたためばザックのなかにうまく収まりそうな気がした。極寒のエリアを歩くときは下着の上に着てもいい。雨がっぱになるというのもスコールのとき助かりそうだった。

実物を見ることができないだろうか……と思っていたが、今回、大垣の「奥の細道むすびの地記念館」に展示されていた。薄茶色の紙で、ゆかたのような形をしていた。触ることはできなかったが、眺めながら、どこかで手に入るものだろうかと考えてしまった。

芭蕉の紙子をもらった竹戸を弟子たちは羨み、いくつかの句を残している。門下の重鎮だった越人は、

此ふすまとられけむこそ本意なけれ　（『雪のおきな』など）

と詠んだ。ふすまとは紙子のこと。紙子は紙衾とも呼ばれた。曾良は微妙な句をつくっている。

畳《たたみ》めは我が手のあとぞ其衾　（『雪のおきな』など）

曾良は芭蕉の紙子をたたむまで身のまわりの世話をしていたわけだ。

出雲屋があった場所の近くに、「ソースカツ丼の敦賀ヨーロッパ軒」という幟が立っていた。その近くにはロシア語の看板もあった。敦賀は芭蕉が滞在した街でもあったが、いまはロシアからの貨物船がやってくる街でもあった。

僕らは氣比神社の鳥居を眺め、敦賀駅に戻った。「おくのほそ道」の旅も大詰めである。僕らの旅も終わりが近い。時刻表を見ると、長浜までの列車があった。芭蕉も敦賀から馬を使ったようだった。僕らも列車の切符を買った。そういえば、今日はあまり歩いていない。明日は大垣までのつもりだ。最後ぐらい、しっかり歩こうか。

「おくのほそ道」は奥深い細道だった

曾良は長浜から船で彦根に出、関ヶ原を経て大垣に着いている。そこから彼が育った伊勢長島で休養している。なにしろ曾良旅日記があるから、彼の行動ははっきりとわかるのだ。ところが芭蕉が歩いた道はどこにも書かれていない。おそらく長浜へは出ず、木之本から北国脇往還という道を通って関ヶ原に出たようだ。そこから大垣はそう遠くない。

脇往還は江戸時代の五街道に次ぐ街道である。五街道ほど人の往来はなかったかもしれないが、周辺の人々にとっては大切な道だった。

この脇往還を進みたかった。この一帯を走る近江鉄道バスに訊いてみた。社内で何人かに電話がまわり、詳しい人に出会った。

「伊吹登山口線の今荘橋から高番までが昔の脇往還ですね」

時刻表を見ると、その間の乗車時間は十分ほどだった。少し短いがしかたない。

翌朝、長浜駅を七時四十五分に出発する路線バスに乗った。高校生や通勤客で半分ほどが埋まっていた。今荘橋を通ったのが八時八分、高番に着いたのは八時十八分。日本のバスは定時運行である。これでなんとなく、芭蕉の歩いたルートをたどった気分になる。

高番から近江長岡駅までは歩くつもりでいた。距離は約二・六キロメートル。たいしたことはないだろう……と高を括っていたが、思わぬ難路だった。グーグルマップを頼りに、農道のような道を進んだのだが、そこには二十センチメートル近い雪が積もっていた。人が歩いた形跡もなく、足を踏み入れると十センチメートル以上沈んだ。ずぼッ、ずぼッと足をとられ、なかなか進まない。見あげると先に新幹線の高架があった。ぼんやりと眺めると、そこをこの世のものとは思えない速さで新幹線が走っていった。こうして新幹線を見あげたのは……そう、中将藤原朝臣実方の墓を訪ねた後だった。あのときは刈り入れが終わった水田のなかに立っていた。いまは雪原である。

高番から近江長岡駅まで四十五分もかかってしまった。そこから大垣方面に向かう列車に乗った。しばらく乗ると関ヶ原駅に着いた。いまは寂しいローカル駅になってしまったが、明治時代は、この駅と長浜駅を結ぶ鉄道があったという。そのルートが芭蕉が歩いた道に近い。

垂井駅で降りた。駅舎を出ると、その前がロータリーのようになっていた。雪がなかった。アスファルトの表面が乾いている。新潟以来、雪に悩まされ続けてきた。その世界は関ヶ原までだった。暗い雪雲が嘘のように消え、明るい太陽が一気に気分を軽くしてくれた。

大垣まで歩くことに決めていた。約七・八キロメートル。距離は少しあるが、最後ぐらいはしっかり歩こうと思った。芭蕉がどの道を歩いたかははっきりしない。弟子たちが迎えにきた可能性は高い。当初、芭蕉とともに「おくのほそ道」を歩くはずだった路通は敦賀まで迎えに行っている。

芭蕉がこの日あたりに大垣に着くことは、少し先に進んだ曾良が伝えているはずだ。芭蕉は弟子たちに囲まれ、鼻歌気分で進んだ気がする。弟子たちは大垣周辺に詳しいから、街道ではない近道を通ったように思う。

しかし僕らは、阿部カメラマンとふたり旅である。大垣までのいい道も知らないから、トラックがスピードをあげて行き交う国道脇の歩道をとぼとぼと進むしかない。

四十分ほど歩き、歩道の縁石に座って少し休んだ。阿部カメラマンから、「これ、食べます？」と声をかけられた。ビスケットだった。関越道で雪に閉じこめられて二十一時間、高速道を管理する職員が配ってくれたフリーズドライのビスケットだった。彼はまだもっていたのだ。殺風景な国道沿いで食べると、やけに心にしみる。

途中、路線バスへの誘惑にも負けずに歩き続けた。一時間半ほど歩いただろうか。ようやく、「奥の細道むすびの地記念館」の前に着いた。水路に沿った場所で、「奥の細道むすびの地」という碑もあった。芭蕉が着いたのは、弟子の俳人、近藤如行の家だった。そこがむすびの地ということになるのかもしれないが、いろいろな事情があったのだろう。

「おくのほそ道」の最後にはこの句が載っている。

蛤《はまぐり》のふたみにわかれ行《ゆく》秋ぞ

大垣には次々と芭蕉一門を支える弟子たちが集まった。路通、越人、伊勢長島で休養をとっていた曾良もやってきた。集まったのは如行の家だった。

「おくのほそ道」という本は、なかなか巧みな構成になっている。通常なら、弟子たちも集まり、無事に旅も終わった……と大団円になるところなのだろうが、芭蕉は曾良と路通と一緒に、伊勢に旅だっていく場をラストにもってきた。それを詠んだ句が、蛤の句だ。

秋が深まっていくなか、蛤の貝殻と身のように、行く人と送る人が別れていく。そんな意味になるだろうか。

「おくのほそ道」は、

――月日《つきひ》は百代《はくたい》の過客《くわかく》にして、行《ゆき》かふ年も又旅人也《たびびとなり》。

という一文からはじまっている。そこに漂う旅のロマンティシズムを受けるには、旅が終わって大団円ではなく、その先へとまた旅だっていく終わり方ということになる。読者がひと安心するより、旅の緊張感のようなものを優先させたわけだ。

「おくのほそ道」の旅立の項で、

行春《ゆくはる》や鳥啼魚《とりなきうを》の目は泪《なみだ》

という句を載せている。行春で旅がはじまり、行秋で終わるという凝った旅行記になっている。芭蕉は百四十日を超える旅をこうまとめたわけだ。

それを知り、ひとり唸る。「おくのほそ道」はなかなか奥深い細道である。

【著者】
下川裕治（しもかわ ゆうじ）
1954年長野県松本市生まれ。慶應義塾大学経済学部卒業。新聞社勤務を経てフリーに。アジアを中心に海外を歩き、『12万円で世界を歩く』（朝日新聞社）でデビュー。以降、おもにアジア、沖縄をフィールドに、バックパッカースタイルでの旅を書き続けている。『日本を降りる若者たち』（講談社現代新書）、『シニアひとり旅 バックパッカーのすすめ アジア編』『シニアひとり旅 インド、ネパールからシルクロードへ』（ともに平凡社新書）、『アジアのある場所』（光文社）など著書多数。

平凡社新書999

「おくのほそ道」をたどる旅
路線バスと徒歩で行く1612キロ

発行日――2022年3月15日 初版第1刷

著者――下川裕治
発行者――下中美都
発行所――株式会社平凡社
〒101-0051 東京都千代田区神田神保町3-29
電話 (03) 3230-6580［編集］
(03) 3230-6573［営業］
印刷・製本―図書印刷株式会社
装幀――菊地信義

ISBN978-4-582-85999-7
平凡社ホームページ https://www.heibonsha.co.jp/

日本人が思いつかない
3語で言える英語表現186

キャサリン・A・クラフト
里中哲彦（編訳）

SB新書
610

はじめに

シンプルでダイレクトに伝わる英語を

「3語」とはよく言ってくれたものです。

執筆依頼をいただいたときは、「？」と思ったのですが、よくよく考えてみると、ネイティブも日常会話はだいたい3語でやっているんですよね。

日本人はどうしても「教科書通りの文法にのっとって」といった意識がはたらくのか、英会話では文が長くなりがちです。けれど、長い一文で言うよりも、簡単な文を連続させたほうがはるかに相手につうじやすいのは自明のことです。「短く簡潔に」（Keep It Short and Simple.）は日本語での会話でもよく言われることですよね。英語でも同じです。

じっさい、いま世界では、ネイティブではない英語話者の増加やインターネットを介したコミュニケーションの発達を受けて、文法や単語を限定した「プレイン・イングリッシュ」（Plain English＝やさしい英語）という考え方が広く認められつつあります。

プレイン・イングリッシュは、“赤ちゃん英語”ではありません。伝えたい情報の要点をダイレクトに、しかも的確に伝達するという意味において、それは「大人による洗練された英語」です。

たったの3語で伝わるような、プレイン・イングリッシュの表現集を作ること。それが今回の私たちに課せられた使命でした。

類書らしきものをいくつか眺めてみましたが、「このシチュエーションでのこれはありえない」表現や、「英語独特の発想に考えがおよんでいない」言いまわしが少なからず目につきました。

本書では、シチュエーションを考え、相手に失礼にならないように、そしてまた「かならず伝わる簡単な英語」になるよう、さらにはネイティブの感性からもきわめて自然な表現になるよう知恵を絞りました。きっと喜んでもらえるものと思っています。

本書は、日常生活の場面に即して、以下の8つのチャプターに分かれています。場面に応じた表現を順番に見ていきましょう。

1　自己紹介 編
2　ちょっとした日常会話 編
3　職場 編
4　ショッピング 編
5　食事の席 編
6　お出かけ 編

7　旅に出よう 編

8　おもてなし 編

また、「日本人にありがちな英語」を示すことで、プレイン・イングリッシュだったらどれほどシンプルに表現できるのか、そのギャップをわかりやすくしています。

お題を見て、ありがちな英語を見たあとで、自分だったらどう短くするか考えてみることで、プレイン・イングリッシュ「思考」が鍛えられることを期待しています。

最後に、小著の完成を辛抱強く待ってくださった編集者の北堅太さんには心から感謝の気持ちを伝えます。全体のフォーマットがきちんとできたうえでの執筆だったので、「3語」という難題に対して、思っていたよりもスムーズに書き進めることができました。

また、編訳者の里中哲彦さんにはさまざまな角度から助言をいただきました。そのうえ抜群の手際よさで仕事をこなしていただきました。ネイティブではない里中さんや北さんの視点が加わることで、日本人でも使いやすい表現集ができたと自負しています。

そしてもちろん、読者のあなたにも感謝です。数ある書籍のなかから、この本を手にとってくださってありがとうございます。本書が読者のみなさんの英語表現を磨く一助になることを願ってやみません。

では、3語で伝わる次の言葉を贈って、「はじめに」を終えることにします。

Have fun reading!（楽しい読書を！）

キャサリン・A・クラフト

〔追記〕

本文中で使っている「ネイティブ」や「ネイティブスピーカー」は、native speakers of English（英語を母語にしている者）のことですが、日本ではすでに一般的になっているため、この表記にしたがいました。

目次

CHAPTER 2 ちょっとした日常会話 編

CHAPTER 3 職場 編

CHAPTER 4 ショッピング 編

CHAPTER 5 食事の席 編

CHAPTER 7 旅に出よう 編

CHAPTER 1

自己紹介編

簡単そうで難しいのが自己紹介の表現。ネイティブらしいシンプルな表現例を見てみましょう。

001 はじめまして。

☞ ネイティブは1語で表現

日本人にありがちな英語

How do you do?

ネイティブの短い英語

Hi.

解説

「はじめまして」の挨拶は、How do you do? と覚えたという人もいるでしょう。でも、これはたいへん堅苦しい表現で、あらたまった場でしか使うことはありません。ネイティブは、Hi.（やあ）や Hello.（こんにちは）のひとことで済ませてしまいます。注意してほしいのは、ぶっきらぼうに言わないこと。相手に警戒心をもたれないように、フレンドリーな笑みを浮かべながら言うのがコツです。

会話例

A：Hi.
（やあ）

B：Hello.
（どうも）

002 ケンタです。

☞ ネイティブは2語で表現

日本人にありがちな英語

My name is Kenta.

ネイティブの短い英語

I'm Kenta.

解説

もちろん My name is ...（私の名前は……）と丁寧に言ってもいいのですが、ネイティブは短く〈I'm ＋名前.〉で済ませてしまいます。

また、名乗らずに会話を始めてしまった場合、日本人は「申し遅れましたが」と言ってから自分の名を言おうとしますが、英語では by the way（ところで）という表現を前において名乗るのが一般的です。

会話例

A：Oh, by the way, I'm Cindy. And you are?

（あ、申し遅れましたが、シンディです。あなたは？）

B：I'm Kenta.

（ケンタです）

003 紹介します。妻のアヤカです。

☞ ネイティブは5語で表現

日本人にありがちな英語

Let me introduce my wife, Ayaka, to you.

ネイティブの短い英語

This is my wife, Ayaka.

解説

人を紹介するときは、This is ...（こちらは……です）が基本表現です。

◆ This is my friend, Midori.
（こちら、友だちのミドリ）

複数の人、たとえば両親を紹介する場合は、複数形です。These are ...とします。

◆ These are my parents.
（私の両親です）

会話例

A：Hi. I'm Cindy.
（こんにちは。シンディです）

B：I'm Kenta. This is my wife, Ayaka.
（ケンタです。こちらは妻のアヤカです）

004 お名前をもう一度おっしゃっていただけますか？

☞ ネイティブは4語で表現

日本人にありがちな英語

Could you tell me your name again?

ネイティブの短い英語

What's your name again?

解説

相手の名前が聞き取れなかったときのフレーズです。What was your name again? と言ってもいいのですが、ネイティブは短縮して What's ...? で始めてしまいます。

初対面で自己紹介されたとき、英語の名前がうまく聞き取れなかったという経験をした人はけっこういるのではないでしょうか。聞き取れなかったら、すかさずこのフレーズを口にしましょう。

会話例

A：Hi, I'm Rachel.

（こんにちは。レイチェルです）

B：Hello. Sorry, what's your name again?

（こんにちは。すみません、お名前をもう一度お願いできますか？）

005 化粧品の販売員をしています。

☞ ネイティブは3語で表現

日本人にありがちな英語

I am a salesperson for a cosmetics company.

ネイティブの短い英語

I sell cosmetics.

解説

自分の職業について話すとき、lawyer（弁護士）や tax accountant（税理士）など、名詞で言いあらわすことも多いのですが、うまく表現できない場合は、I sell cosmetics. のように動詞を用いて表現してみましょう。

◆「英語の教師です」→ I teach English.

◆「服のデザイナーです」→ I design clothing.

◆「会社の経営者です」→ I run a company.

◆「家具の輸入業者です」→ I import furniture.

会話例

A：**I teach English. What do you do?**

（英語の教師です。あなたは何をしているのですか？）

B：**I sell cosmetics.**

（化粧品の販売員をやっています）

006 趣味は オンラインショッピングです。

☞ ネイティブは4語で表現

日本人にありがちな英語

My hobby is online shopping.

ネイティブの短い英語

I love online shopping.

解説

趣味を伝え合うことで親密さは増します。そこで日本人はなんでもかんでも My hobby is ...で始めようとしますが、ネイティブがこのフレーズを使うことはまれです。名詞 hobby（趣味）を使わずもっと簡単に、I love ~*ing.*（~するのが大好き）であらわすのがスタンダードです。

◆I love cooking.（料理が趣味です）

◆I love traveling.（旅行が趣味です）

会話例

A：**I love online shopping.**
（オンラインショッピング、大好き）

B：**Me, too.**
（僕も）

007 ヨガにはまっています。

☞ ネイティブは4語で表現

日本人にありがちな英語

I am addicted to yoga.

ネイティブの短い英語

I'm really into yoga.

解説

addicted は「中毒になっている」という形容詞で、「やめたくてもやめられない」というニュアンスを含みます。I'm addicted to YouTube.（YouTube 中毒なんだ）のように用います。

into は「没入／熱中」をあらわす前置詞で、日本語の「はまっている」にピッタリの表現です。

◆Jerry is into snowboarding.
（ジェリーはスノーボードに夢中だ）

会話例

A：**How do you stay in such good shape?**
（どうやってその体形を維持してるの？）

B：**I'm really into yoga.**
（ヨガにはまってるの）

008 スキューバダイビングに興味はありますか？

☞ネイティブは4語で表現

日本人にありがちな英語

Are you interested in scuba diving?

ネイティブの短い英語

You like scuba diving?

解説

相手の趣味や好きなものをたずねる場合、(Do) You like A ?（Aは好き？）で十分つうじます。カジュアルなフレーズです。上げ調子で言ってみましょう。

- ◆You like dancing?（ダンスは好き？）
- ◆You like reading?（読書は好き？）
- ◆You like sushi?（鮨《すし》は好き？）
- ◆You like jazz?（ジャズは好き？）
- ◆You like hot springs?（温泉は好き？）

会話例

A：**You like scuba diving?**

（スキューバダイビングに興味ある？）

B：**I've never tried it, but I'd like to.**

（やったことないけど、やってみたいわ）

009 私、ネコ好きなんです。

☞ ネイティブは4語で表現

日本人にありがちな英語

I like cats very much.

ネイティブの短い英語

I'm a cat person.

解説

ここでは〈a ... person〉という便利な言い方を覚えましょう。いろんな表現に応用できますよ。

◆ I'm a morning person.（朝型人間です）

◆ Yuka is a coffee person.（ユカはコーヒー党です）

◆ You're a people person.（あなたは社交上手ね）

◆ I'm not a beer person.（ビールがだめな人なの）

会話例

A：Do you like dogs?

（イヌは好き？）

B：Yes, but I'm a cat person.

（好きだけど、どちらかというとネコ派の人間なんだ）

010 お会いできてよかったです。

☞ ネイティブは3語で表現

日本人にありがちな英語

I'm happy to have met you.

ネイティブの短い英語

Nice meeting you.

解説

初対面の挨拶は、

◆(It's) Nice to meet you.（はじめまして）

が一般的ですが、別れるときの典型的な挨拶は、

◆(It was) Nice meeting you.

（お会いできてよかったです）

です。また、to *do* は本来「これからやろうとしていること」を示し、~*ing* は「実現していること／実現したこと」をあらわします。

会話例

A：**Nice meeting you.**

（お会いできてよかったです）

B：**Same here. Hope to see you again.**

（僕も。また会えるといいな）

011 お話しできてよかったです。

☞ ネイティブは2語で表現

日本人にありがちな英語

It was nice to be able to talk to you.

ネイティブの短い英語

(It was) Nice talking (to you).

解説

これも別れる際に使う定番の表現です。「お話しできてよかったです」というニュアンスです。(It was) Nice chatting (with you).（おしゃべりできてよかったです）と言うこともあります。

また、応答表現としては、You, too.（こちらこそ）をよく用います。これは It was nice talking to you, too. を縮約したものです。

会話例

A：Nice talking to you.
（お話しできてよかったです）

B：You, too. Thanks for the chat.
（こちらこそ。おしゃべりにおつき合いくださりありがとう）

012 さて、これで失礼します。

☞ ネイティブは5語で表現

日本人にありがちな英語

OK,... so, anyway, I have to go.

ネイティブの短い英語

Well, I have to go.

解説

「さて……」の切り出しができれば、別れがスムーズになります。私がすすめるのは、以下の3つです。

◆ Well, ...（さて……）

◆ Anyway, ...（では……）

◆ OK, ...（それじゃ……）

これらを使いこなせれば、会話は自然に聞こえます。そのあとで、I have to go.（行かなくちゃ）と言うのをお忘れなく。

会話例

A：Well, I have to go.
（さてと、そろそろ行かなくちゃ）

B：Nice talking to you.
（お話しできて楽しかったわ）

COLUMN

カオリと呼んで？カオリを呼んで？

初対面で意気投合したら、お互いをどう呼ぶかという問題が生じます。短い時間なら名前を呼ばないで済ませることもできますが、相手が名乗ったのに自分の名は明かさないというのはマナー違反です。

さて、次の自己紹介は、一見自然に見えますが、どこが間違っているでしょうか？

☒ My name is Kaori Yamada. Please call Kaori.

これでは「カオリを呼んでください」になってしまいます。じゃあ、あなたは誰なの？　カオリじゃないの？もしかして、ほかにもカオリがいるの？

「カオリと呼んで」と伝えるなら、

◆ You can call me Kaori.

◆ Call me Kaori.

などと me を入れるのがふさわしい表現です。

A：Hi, I'm Thomas, but everybody calls me Tom.

（やあ、トマスです。トムで通ってます）

B：OK, Tom. Call me Kaori.

（トムね。私のことはカオリと呼んで）

CHAPTER 2

ちょっとした日常会話編

ちょっとした相づちや感情表現に相手を気づかう配慮がうかがえます。そんなときこそ短く、シンプルに！

013 (How are you?と聞かれ)元気です、ありがとう。

☞ ネイティブは3語で表現

日本人にありがちな英語

I'm fine, thank you.

ネイティブの短い英語

Pretty good, thanks.

解説

I'm fine, thank you. という一連のフレーズはまさに「日本人にありがちな英語」です。私の感覚で言うと、あまりよく知らない近所の人や顔見知り程度の人と出くわしたときの、かしこまった挨拶という気がします。仲のよい友だち同士の会話で用いる表現ではありません。ネイティブは、Pretty good.（元気）／Not bad.（まあまあ）／Same old, same old.（相変わらずよ）などと応じることが多いのです。

会話例

A：Hi! How're you doing?
（やあ、元気？）

B：Pretty good, thanks.
（元気。ありがとう）

014 これインスタ映えするよね。

☞ ネイティブは3語で表現

日本人にありがちな英語

This will be perfect for Instagram.

ネイティブの短い英語

This is Instagrammable.

解説

これまで、「これってインスタ映えする、を英語で何と言うのですか？」と数多くの人にたずねられました。そのたびに私は次の3つをすすめています。

- This will be perfect for Instagram.
- This is great for Instagram.
- This is Instagrammable.

Instagrammable（インスタ映えする）という形容詞が使えれば、わずか3語で言いあらわせます。

会話例

A：This is Instagrammable.

（これインスタ映えするよね）

B：It is!

（そうだね！）

015 素敵なシャツだね。

☞ ネイティブは2語で表現

日本人にありがちな英語

That is a nice shirt.

ネイティブの短い英語

Nice shirt.

解説

「素敵なシャツだね」とか「そのシャツ、似合うよ」にあたる表現は、

◆ That shirt looks good on you.

◆ You look good in that shirt.

などですが、より簡単には、

◆ I like your shirt.

◆ Nice shirt.

と短く言うことができます。

会話例

A：**Nice shirt.**

（素敵なシャツね）

B：**Thanks. My husband bought it for me.**

（ありがとう。夫が買ってくれたのよ）

016 ググってみたら？

☞ ネイティブは2語で表現

日本人にありがちな英語

Why don't you look it up online?

ネイティブの短い英語

Google it.

解説

「ググってみたらどう？」を、オンラインやスマホを使って「検索する」と言い換えて、次のように言うことができます。

◆Why don't you look it up online?

◆Why don't you look it up on your phone?

しかし、ネイティブはブラウザがグーグルであろうとなかろうと、"google" という動詞を使って言いあらわそうとします。日本語の「ググる」と同じです。

会話例

A：I thought the restaurant was around here ...
（レストランはこのあたりだと思ったんだけど……）

B：Google it.
（ググってみて）

017 冗談でしょ。

☞ ネイティブは2語で表現

日本人にありがちな英語

You must be joking.

ネイティブの短い英語

You're joking.

解説

「冗談でしょ」にあたる表現をご紹介しましょう。

◆ You must be joking.

直訳すれば「あなたは冗談を言っているにちがいない」ですが、「冗談でしょ」という感じで用います。

次のように短く言うこともあります。

◆ You're joking.

なお、joking のところは、それぞれ kidding としてもOK です。

会話例

A：**Pete is quitting.**

（ピートがやめるんだって）

B：**You're joking!**

（冗談でしょ！）

018 （冗談ではなく）ホントだって。

☞ ネイティブは3語で表現

日本人にありがちな英語

I am not joking.

ネイティブの短い英語

I mean it.

解説

「冗談ではなく、本気で言っている」にあたる表現を以下に並べてみましょう。下へいくにしたがって、カジュアルな表現になります。

◆I really mean what I'm saying.

◆I'm serious.

◆I mean it.

会話例

A：This food is amazing!

（この料理、すごくおいしい！）

B：You're just saying that.

（お世辞でしょ）

A：I mean it!

（ホントだってば！）

019 あなたってほんとうに面白い人ね。

☞ ネイティブは3語で表現

日本人にありがちな英語

☒ You are really an interesting person.

ネイティブの短い英語

You're so funny.

解説

　アメリカ人は面白い人が大好き。だから、「あなたってほんとうに面白い人ね」は最高の褒《ほ》め言葉です。

◆You make me laugh.

◆You're so funny.

※That's funny.（そいつはおかしいな／不思議だ）と勘違いしないようにしてください。

　どちらの表現もよく使います。笑顔で言ってみましょう。

会話例

A：No cat, no life.

（ネコなくして、なんの人生かな）

B：Ha ha. You're so funny!

（ハハ。あなたって面白いわね！）

020 うれしいことを言ってくれるね。

☞ ネイティブは4語で表現

日本人にありがちな英語

It's very kind of you to say that.

ネイティブの短い英語

You made my day!

解説

「いまのひとことで、いい気分になりました」は、

◆ You've made me very happy!

と言ってもOKですが、

◆ You made my day!

と言えば、ネイティブの英語らしく聞こえます。

make one's day は「～を楽しい気分にさせる／～を喜ばせる」の意味です。感謝の笑みを浮かべて言うようにしましょう。

会話例

A：**That dress looks great on you.**

（そのドレス、すごく似合うよ）

B：**Thanks! You made my day!**

（ありがとう！　うれしいことを言ってくれるのね！）

021 （つまらないときの）最低！

☞ ネイティブは2語で表現

日本人にありがちな英語

This is very boring to me!

ネイティブの短い英語

This sucks.

解説

退屈でつまらない体験をしたとき、ネイティブは次のような声をあげます。

◆ This sucks.／This stinks.

これらは「最低！」を意味するインフォーマルな表現です。以下の表現も合わせて覚えておきましょう。

◆ This is great!（すごい！）

◆ This is not bad.（なかなかいいね）

◆ This is okay.（イマイチかな）

会話例

A：**This sucks.**

（最低だね）

B：**Really? I think it's not bad.**

（ホント？　けっこういいと思うけど）

022 きょうの彼女はテンション高すぎ。

☞ ネイティブは5語で表現

日本人にありがちな英語

☒ She is really high tension today.

ネイティブの短い英語

She is really hyper today.

解説

英語の tension は、空気がピンと張りつめた様子をあらわし、精神的な「緊張」や、情勢や関係の「緊迫状態」といった意味で用いられます。いわゆる「ハイテンション」は和製英語です。英語では、次のように hyper（興奮して落ち着かない）や excited（興奮している）という形容詞を使って言いあらわします。

◆She is really hyper today.

◆She is really excited today.

会話例

A：**She's really hyper today.**

（きょうの彼女はテンション高すぎ）

B：**She's had too much coffee.**

（コーヒーの飲みすぎだよ）

023 それは残念でしたね。

☞ ネイティブは2語で表現

日本人にありがちな英語

That's too bad.

ネイティブの短い英語

Too bad.

解説

日本人にありがちな英語もよく使われます。

ここで問題となるのは、「事態の深刻さ」です。

◆ That's too bad.

◆ Too bad.

これらは事態が深刻でないときの「残念だったね」です。いっぽう、嘆き悲しむような深刻な事態であれば、

◆ I'm sorry (to hear that).

という表現を使います。

会話例

A：**I can't have any cake. I'm on a diet.**

（ケーキは食べられないの。ダイエット中なの）

B：**Aw. Too bad. I'll have to eat it!**

（あら、残念ね。じゃ、それ、私がいただくね！）

024 ショックだなあ！

☞ ネイティブは2語で表現

日本人にありがちな英語

That's a shock!

ネイティブの短い英語

I'm shocked!

解説

「それはショックだ」を直訳して That's a shock! と表現するのは間違いではありません。ちなみに日本人がやってしまいがちな間違いはこれです。

ⓧ I'm a shock!

「私自身＝ショック／衝撃」ではありませんからね。

◆I'm shocked!

　このように、人を主語にして、shocked（ショックを受けて）という形容詞で結べばOKです。

会話例

A：Martin and Becky are getting a divorce.

　（マーティンとベッキー、離婚するんだって）

B：Really?　I'm shocked!

　（ほんと？　ショックだなあ！）

025 それはいい知らせだ！

☞ ネイティブは2語で表現

日本人にありがちな英語

That's very good news!

ネイティブの短い英語

That's great!

解説

一般に、よい知らせを耳にしたとき、私たちは 「すごいね」「よかったね」「いいねえ」「感激です」「さすがですね」などと相手を褒めたたえます。以下の3つがとりわけよく使われます。

◆I'm happy for you!（おめでとう！）

◆Good for you!（さすがですね！）

◆That's great!（よかったね！）

会話例

A：I passed the audition.

（オーディションに受かったんだ）

B：That's great!

（よかったね！）

026 ほっとした！

☞ ネイティブは2語で表現

日本人にありがちな英語

What a relief!

ネイティブの短い英語

That's good!

解説

学校英語では、「安心した」や「ほっとした」は、

◆ What a relief!

であると教えています。しかしながら、私の印象を言えば、日常会話では、

◆ Oh, that's good!

◆ Oh, thank goodness!

◆ Oh, thank God!

と声をあげることのほうがよっぽど多いです。

会話例

A：There was an accident, but everyone is OK.

（事故があったのですが、みんな無事です）

B：Oh, that's good!

（それはよかった！）

027 もう一度言ってもらえますか？

☞ ネイティブは1語で表現

日本人にありがちな英語

Could you say that again?

ネイティブの短い英語

Sorry?

解説

相手の言っていることがうまく聞き取れなかったときの表現です。重要なことは、sorry の語尾を上げ調子で言うこと。これで「ごめん。もう一度言ってくれる？」というニュアンスをだすことができます。下げ調子で言うと、「謝罪」になってしまいます。

Excuse me? と言っても OK です。これも me を上げ気味に言うことで、「失礼。もう一度お願いします」という意味を伝えることができます。

会話例

A：**The next train leaves at 5:50.**

（次の電車は5時50分発だって）

B：**Sorry?**

（何て言った？）

028 どうかしましたか？

☞ ネイティブは3語で表現

日本人にありがちな英語

Would you like me to help you?

ネイティブの短い英語

Need some help?

解説

道で迷っている人を見かけました。あなたはどう声をかけますか？

◆ Would you like me to help you?

このように言ってもいいのですが、ネイティブは、

◆ Need some help?（助けが必要ですか？）

と短く3語で声をかけます。これはDo you need some help? のことですが、Do you の部分は省略してしまいます。

会話例

A：Need some help?

（どうかしましたか？）

B：Yes, thanks. I want to go to Kabuki-za.

（ええ、ありがとう。歌舞伎座へ行きたいのですが）

029 何かお困りですか？

☞ ネイティブは2語で表現

日本人にありがちな英語

Is there something wrong?

ネイティブの短い英語

Everything OK?

解説

困っている人を見かけたときの短い表現を、もう1つ紹介します。これもよく使われる表現です。

直訳をすれば、「すべてOKですか？」になりますが、「何かお困りですか？」や「どうかしました？」にあたるニュアンスで用います。

会話例

A：Everything OK?

（何かお困りですか？）

B：I can't find my ticket.

（チケットが見あたらないんです）

A：Is that it? (*pointing at the ground*)

（それじゃない？〔地面を指さしながら〕）

030 大丈夫？

☞ ネイティブは3語で表現

日本人にありがちな英語

ⓧ Is your condition OK?

ネイティブの短い英語

Are you OK?

解説

相手の体調を気づかって「大丈夫？」と声をかけるとき、多くの日本人は、

ⓧ Is your condition OK?

ⓧ Is your body OK?

ⓧ Is your health OK?

などと言ってしまいがち。

正しくは人を主語にします。OK／okay／all right／alright は、その人に異状がないことをあらわします。

会話例

A：**Are you OK?**

（大丈夫？）

B：**Yes. I just have a hangover.**

（うん。二日酔いなだけ）

031 熱っぽいです。

☞ ネイティブは4語で表現

日本人にありがちな英語

I feel like I have a fever.

ネイティブの短い英語

I have a fever.

解説

日本語では「熱っぽい」と言いますが、英語でははっきりと「熱がある」と表現します。「熱がある」は、

◆I have a fever.

と言います。

形容詞に注目して、以下の言い方も覚えましょう。

◆I have a high fever.（高熱があります）

◆I have a slight fever.（微熱があります）

※slight「わずかな／かすかな」

会話例

A：**What's wrong?**

（どうしました？）

B：**I have a fever.**

（熱っぽいです）

032 寒気がします。

☞ ネイティブは3語で表現

日本人にありがちな英語

(×) I feel I have a chill.

ネイティブの短い英語

I have chills.

解説

「寒気がする」や「悪寒がする」は、

◆I have chills.

※chills「寒気／悪寒」

と言います。注意したいのは、前頁の fever とは異なり、複数形にして用いられる点です。

単数の “a chill” は「寒さ／冷たさ」で、a chill in the air（外気の冷たさ）のように用います。

会話例

A：What's the matter?

（どうしたの？）

B：I have chills.

（寒気がする）

033 大したことじゃありません。

☞ ネイティブは2語で表現

日本人にありがちな英語

Nothing is seriously wrong.

ネイティブの短い英語

It's nothing.

解説

病状をたずねられたときに、「大したことじゃありません（だから、気に留めないでください）」とか、「大丈夫です（だから、気にしないで）」といったニュアンスを含んで用いられます。

It's nothing. の nothing は「とるにたらないこと／つまらないこと」といった意味です。

会話例

A：My throat hurts.
（のどが痛い）

B：How bad is it? Do you need a doctor?
（どれくらい痛い？　医者へ行く？）

A：It's nothing.
（大丈夫）

034 筋肉痛で足が痛い。

☞ ネイティブは4語で表現

日本人にありがちな英語

I have muscle pain in my legs.

ネイティブの短い英語

I hurt my leg.

解説

筋肉痛は muscle pain ですが、この単語を使わなくても、「〜を痛めた」でつうじます。

◆I pulled a muscle in my leg.（足の筋肉を痛めた）

→I hurt my leg.

◆I jammed my thumb.（親指をはさんだ）

→I hurt my thumb.

◆I stubbed my toe.（足の指をぶつけた）

→I hurt my toe.

会話例

A：What happened?

（どうしたの？）

B：I hurt my leg.

（足を痛めたんだ）

035 よくなった？

☞ネイティブは2語で表現

日本人にありがちな英語

☒ Are you fine now?

ネイティブの短い英語

Feeling better?

解説

病人や体調の悪い人に、「よくなった？」と今の気分をたずねるときの表現です。

◆(Are you) Feeling better?

答えるときは、以下のように言います。

◆Much better.（よくなったよ）

◆I feel great.（大丈夫）

◆I don't feel good.（気分、よくない）

会話例

A：**Feeling better?**

（よくなった？）

B：**Yes. Much better.**

（うん。よくなった）

036 これであなたにひとつ借りができた。

☞ ネイティブは3語で表現

日本人にありがちな英語

I'm greatly indebted to you for this.

ネイティブの短い英語

I owe you.

解説

be indebted to A（A に借りがある／A に負うところがある）は丁寧な表現ですが、いささかフォーマルにすぎます。カジュアルさに欠けます。

owe は「恩恵をこうむっている」という意味の動詞です。I owe you. で、「恩に着るよ」のニュアンスを伝えることができます。

また、後ろに one をつけて、I owe you one.（これでひとつ借りができたね）と言うこともできます。

会話例

A：**I'll cover for you.**
（代わりにやっておくよ）

B：**Thanks. I owe you.**
（ありがとう。恩に着るよ）

037 ほら、言ったでしょ。

☞ ネイティブは1語で表現

日本人にありがちな英語

I told you this would happen.

ネイティブの短い英語

See?

解説

言うことを聞かずに失敗やあやまちをおかしてしまった相手に対してよく使います。「ほら、ごらん」とか「だから言ったでしょ」を短く英語で言うと、See? になります。「ほらね」とか、「ね、わかるでしょ」といったニュアンスです。発音にも気をつけてください。〔シィ〕と短く、上げ調子で言うのがコツです。

会話例

A：Don't touch that. It's sharp.

（それに触っちゃだめよ。尖ってるから）

B：Ouch!

（痛っ！）

A：See?

（ほらね）

038 彼女にスルーされた。

☞ ネイティブは3語で表現

日本人にありがちな英語

⊗ I was through by her.

ネイティブの短い英語

She ignored me.

解説

聞くところによれば、和製英語「スルーする」の「スルー」は前置詞の through（〜を通り抜けて）という英語から来ているとか。やがて「聞き流す」という意味になり、まもなく「無視する」という意味になったようです。しかし、英語の through には動詞用法はないので、ignore（無視する）という動詞を使わざるをえません。

◆ She ignored me.（彼女にスルーされた）

◆ She's ignoring me.（彼女は僕をスルーしている）

会話例

A：I texted her, but she ignored me.

（彼女にメールしたけど、スルーされた）

B：Just give up on her.

（彼女のことはあきらめるんだな）

039 あなたがそう言うなら。

☞ ネイティブは3語で表現

日本人にありがちな英語

☒ If you say that.

ネイティブの短い英語

If you insist.

解説

「どうしてもと言うのなら」と、依頼や申し出をためらいつつ受けるときの言いまわしです。

「お言葉に甘えて」と訳してもいい場合もあります。

会話例

A：**You should try this wine.**（このワインどう？）

B：**No, I'd better not.**（ううん、やめておく）

A：**It's really good!**（すごくおいしいんだから！）

B：**If you insist.**（じゃあ、お言葉に甘えて）

A：**I'd better go now.**

（もう行かなきゃ）

B：**If you insist.**

（しかたないな）

040 ここには長く暮らしているのですか？

☞ ネイティブは3語で表現

日本人にありがちな英語

Have you lived here for a long time?

ネイティブの短い英語

Lived here long?

解説

現在完了の疑問文では、Have you の部分を省略してしまうことがよくあります。「ここには長く暮らしているのですか？」を完全文にしたら、

◆Have you lived here long?

ですが、Have you を省略して、

◆Lived here long?

と言ってしまうのです。

会話例

A：**Lived here long?**（ここは長いのですか？）

B：**Yes. I've lived in Tokyo for 5 years, and I lived in Nagoya for 10 years before that.**

（ええ。東京はもう5年になります。その前は名古屋に10年暮らしていました）

041 いま何時？

☞ ネイティブは3語で表現

日本人にありがちな英語

What time is it now?

ネイティブの短い英語

What's the time?

解説

現在の時刻をたずねる表現です。日本人は What time is it now? と言ってしまいますが、ネイティブはわかりきっている now はつけません。

以下が、現在の時刻を聞く一般的な表現です。

◆ Do you know what time it is?

◆ What time is it?

◆ What's the time?

会話例

A：**What's the time?**

（いま何時？）

B：**It's 6:15.**

（6時15分です）

042 いけない、もうこんな時間！

☞ ネイティブは4語で表現

日本人にありがちな英語

I didn't know it was so late!

ネイティブの短い英語

Look at the time!

解説

楽しくて、ついつい時間が経つのを忘れてしまった。時計を見ると、もうずいぶん遅い時刻になっている。そんな経験をしたことがあなたにもきっとあるはずです。

ネイティブはこのようなとき、

◆Look at the time!（現在の時刻を見て！）

と発想するのです。もっと短く、

◆Time flies!（時間が経つのは早いね！）

と声をあげることもあります。

会話例

A：Look at the time!

（ねえ、もうこんな時間よ！）

B：Oh! We have to go!

（あっ！　帰らなくっちゃ！）

043 もう出ないと！

☞ ネイティブは3語で表現

日本人にありがちな英語

I have to leave now.

ネイティブの短い英語

I'd better run!

解説

「急がなくてはいけない」と判断したとき、ネイティブはI'd better run!（急がないと！）と言います。I'd better ...（……したほうがよさそうだ）はI had better ...のことですが、ネイティブは短くしてこのように言います。

また、ほとんどの場合、“d”を発音しないので、〔アイ・ベラ〕と聞こえます。このrunは「急いで行く」という意味で、急いで走っている姿がイメージされています。

会話例

A：Well, I'd better run.

（じゃ、急がないと）

B：OK. See you tomorrow.

（うん。じゃ、また明日）

044 じゃあまた。

☞ ネイティブは2語で表現

日本人にありがちな英語

Goodbye. See you soon.

ネイティブの短い英語

See you (later).

解説

See you.／See you later. は別れの挨拶でよく使う表現ですが、〈See you later.〉は通例、その日のうちにまた会うことを前提にして用います。

また、Bye. は、God be with you.（神があなたといますように）が Goodbye. になり、さらに短縮されて Bye. になりました。Goodbye. はいくぶんフォーマルで、Bye. はカジュアルな表現です。

会話例

A：I have to go. Bye!

（行かなくちゃ。じゃあね！）

B：See you!

（じゃあまた！）

045 じゃあ、がんばってね。

☞ ネイティブは2語で表現

日本人にありがちな英語

(×) I wish you good luck. Try hard.

ネイティブの短い英語

Good luck.

解説

「じゃあ、がんばってね」にあたる別れの挨拶は、Good luck. が適切です。文字どおり訳せば「ご幸運をお祈りします」ですが、「がんばってね」というニュアンスで用いられます。具体的に「○○をがんばってね」という場合は、Good luck with your work.（お仕事がんばってね）などと言います。

Try hard. も「一生懸命やれ＝がんばれ」という意味をもちますが、別れの挨拶として用いることはありません。

会話例

A：I have an audition tomorrow.

（明日、オーディションがあるんだ）

B：I'm sure you'll do great! Good luck!

（きっとうまくいくって！　がんばってね！）

046 連絡してね。

☞ ネイティブは3語で表現

日本人にありがちな英語

Please contact me sometimes.

ネイティブの短い英語

Keep in touch.

解説

「(いつでも) 連絡してね」は、

◆ Keep in touch.

と言います。「つながりを保つ」や「連絡を取り合う」ことを意味しています。「時間があったら(気が向いたら)、連絡してください」というニュアンスを含むため、相手に負担をかけずに気軽に使えるフレーズです。

◆ Text me anytime.（いつでもメールください）

このように言うこともあります。

会話例

A：**Bye! I'm going to miss you!**

（じゃあね！　寂しくなるなあ！）

B：**I'll miss you, too. Keep in touch.**

（私も。連絡してね）

047 あとでLINEしてね。

☞ ネイティブは3語で表現

日本人にありがちな英語

Please send a message on LINE later.

ネイティブの短い英語

LINE me later.

解説

ネイティブは一般に、アプリを限定せずに text とか message などの動詞を使って伝え合います。

◆ Text[Message] me later.

あえてそれが LINE であることを強調したいときは、

◆ Text[Message] me on LINE later.

◆ LINE me later.

などと言います。日本語と同様に、LINE を動詞として用いることができます。

会話例

A：**LINE me later.**

（あとで**LINE**して）

B：**OK. I'll text you as soon as I get home.**

（わかった。家に帰ったら送るね）

048 久しぶり！

☞ ネイティブは3語で表現

日本人にありがちな英語

It's been a long time since I saw you last!

ネイティブの短い英語

It's been ages!

解説

ネイティブは「久しぶりですね」を、おおよそ次の4つで表現しています。ages は a long time と同義です。

◆It's been ages!

◆It's been a long time!

◆Long time no see!

※かなりくだけた表現です。

◆I haven't seen you for a while.

※イギリスではこの表現をよく使います。

会話例

A：Hi! It's been ages!

（やあ、久しぶり！）

B：How long has it been?

（どれくらいぶりかな？）

049 昔とちっとも変わりませんね。

☞ ネイティブは3語で表現

日本人にありがちな英語

You haven't changed at all since the old days.

ネイティブの短い英語

You haven't changed.

解説

　久しぶりに顔を合わせたとき、「昔と変わらないね」とか「ずいぶん変わったね」とよく言いますね。ここでは以下の2つのフレーズを覚えましょう。「昔」の部分はなくても伝わりますし、そのほうが自然です。

◆ You haven't changed (at all).
（ちっとも変わりませんね）

◆ You've changed a lot.
（ずいぶん変わったね）

会話例

A：Hey! It's been a long time.
　（よお、久しぶり！）

B：It has. You haven't changed.
　（そうだね。昔と変わらないね）

050 元気にしてた？

☞ ネイティブは3語で表現

日本人にありがちな英語

How have you been since I saw you last?

ネイティブの短い英語

How're you doing?

解説

久しぶりに会った友人に調子をたずねるときの表現例です。以下の4つを紹介します。

- ◆ How are you?（お元気ですか？）
- ◆ How've you been?（その後、元気でしたか？）
- ◆ How's everything?（調子はどう？）
- ◆ How're you doing?（元気？）

どれを用いてもいいのですが、How're you doing? が一番いきいきした感じがします。

会話例

A：Hi! It's been ages! How're you doing?
（やあ、久しぶり！　元気にしてた？）

B：Same old, same old.
（相変わらずよ）

051 元気そうだね。

☞ ネイティブは3語で表現

日本人にありがちな英語

It seems like you're doing well.

ネイティブの短い英語

You look terrific.

解説

ここでは2つのことを覚えましょう。

まず、〈look + 形容詞〉です。これは「視覚的な印象」を述べるときの表現で、「～のように見える」という意味を持ちます。

もうひとつは terrific という形容詞です。この単語は「素晴らしい」という意味で、〔テ**リ**フィック〕と発音します。traffic（交通）と勘違いしないように。traffic は〔トゥ**ラ**ァフィック〕です。

会話例

A：Hi! Long time no see!

（やあ、久しぶり！）

B：It's been ages! You look terrific.

（久しぶりだね！　元気そうだね）

052 あっちへ行って！

☞ ネイティブは2語で表現

日本人にありがちな英語

☒ Stay away from me!

ネイティブの短い英語

Go away!

解説

しつこくつきまとう人がいるとします。そんなとき、

◆Stay away from me!（私に近寄らないで！）

と声をあげます。しかしながら、なおも言い寄ってきます。そのようなときは、短く、ピシャリと、

◆Go away!（あっちへ行って！）

と言いましょう。

むろん、無言で立ち去るのも1つの有効な手段です。危険を感じたときは、すぐに行動しましょう。

会話例

A：Why won't you give me your phone number?

（ねえ、電話番号教えてくれない？）

B：Go away!

（あっちへ行って！）

053 お先にどうぞ。

☞ ネイティブは2語で表現

日本人にありがちな英語

Go ahead, please.

ネイティブの短い英語

After you.

解説

エレベーターやお店の出入口で、「お先にどうぞ」と相手に譲るときの丁寧な表現です。Go ahead（お先に行ってください）+ please（どうぞ）も自然な表現ですが、「私はあなたのあとで行きます＝お先にどうぞ」ととらえて、

◆ After you.

というのもオシャレです。

会話例

A：After you.

（どうぞ、お先に）

B：No, you go ahead, please.

（いいえ、お先にどうぞ）

CHAPTER 3

職場編

学校では習わなかったビジネス英語。
発想の違いに注目して、英語表現に
さらなる磨きをかけましょう。

054 ちょっとお聞きしてよろしいですか？

☞ ネイティブは3語で表現

日本人にありがちな英語

Could you help me with something?

ネイティブの短い英語

I need help.

解説

相手の手をわずらわしたり、ものをたずねたりするときの表現です。

◆Could you help me with something?

◆I need help.

どちらもよく使いますが、I need help. と3語で言ったほうが、ストレートに伝わります。

会話例

A：Excuse me. I need help.

（すみません。ちょっとお聞きします）

B：What can I help you with?

（どうしました？）

A：Where can I leave this?

（これはどこに置いておけばいいですか？）

055 ちょっとお時間いいですか？

☞ ネイティブは3語で表現

日本人にありがちな英語

Do you have a minute to talk with me?

ネイティブの短い英語

Got a minute?

解説

なぜ "got" なのでしょうか。

こんなふうに考えてみましょう。

have の口語体は have got で、Have you got a minute? はすなわち Do you have a minute? のことなのです。そして、Have you を省略します。

◆(Have you) Got a minute?

こうして Got a minute? という表現ができあがったのです。

会話例

A：Got a minute?

（ちょっとお時間いいですか？）

B：Sure. What's up?

（うん。どうしたの？）

056 いま、忙しい？

☞ ネイティブは1語で表現

日本人にありがちな英語

Are you busy at the moment?

ネイティブの短い英語

Busy?

解説

いま現在のありさまを問う形容詞の場合、一般にその形容詞だけを残して、前の “Are you” は省略してしまいます。

◆ Tired?（疲れてるの？）

また、日本人は、at the moment（目下のところ）や right now（いま）という表現を添えたがる傾向がありますが、そうした副詞はわかりきっているため省略してしまったほうがいいでしょう。

会話例

A：Busy?

（忙しい？）

B：Not too busy. What's up?

（そんなに。どうしたの？）

057 相変わらず忙しい？

☞ ネイティブは2語で表現

日本人にありがちな英語

Are you busy with your work, as always?

ネイティブの短い英語

Still busy?

解説

ネイティブは Are you still busy with your work? を短くして、Still busy? と言ってしまいます。

◆ Are you still busy with your work?

◆ Are you still busy?

◆ Still busy?

いちばん上が最も丁寧な言いまわしですが、わかりきっているため、最初と最後の部分をカットしてしまいます。

会話例

A：Still busy?
（相変わらず忙しい？）

B：Busy, as usual.
（変わらず忙しいよ）

058 急がなくていいからね。

☞ ネイティブは3語で表現

日本人にありがちな英語

You don't have to hurry.

ネイティブの短い英語

Take your time.

解説

Take your time. は「急ぐ必要はないから、時間をかけてゆっくりやってください」という意味です。あわてて食事をしている人やものごとを急いですませようとしている人に対して用います。

◆ You don't have to hurry.

◆ There is no need to hurry.

◆ (There is) No hurry.

などと言っても OK です。

会話例

A：**I'll do it right away.**

（すぐにやります）

B：**Take your time.**

（急がなくてもいいよ）

059 事情によりけりです。

☞ ネイティブは2語で表現

日本人にありがちな英語

✕ I'll decide according to the situation.

ネイティブの短い英語

That depends.

解説

「ケースバイケース」にあたる表現です。明確な判断を避けるときに使われます。

depend on A（A しだいである）という表現をふまえたうえで次のやりとりをごらんください。

会話例

A：Are you going to the meeting next month?

（来月の会議には参加するの？）

B：It depends.

（事情によりけりだな）

A：On what?

（どんな？）

B：On my schedule.

（スケジュールしだいっていうこと）

060 あなたが決めて。

☞ ネイティブは4語で表現

日本人にありがちな英語

It's up to you to decide.

ネイティブの短い英語

It's up to you.

解説

相手に決断を委《ゆだ》ねて、「あなたが決めて／君しだいだ」と言うとき、ネイティブは、

◆It's up to you (to decide).

という言いまわしを好んで用います。

◆I'll leave it up to you.

※leave A up to B「AをBに委ねる」

◆I'll let you decide.

などと言うこともあります。

会話例

A：**What should we do?**

（何をしましょうか？）

B：**It's up to you.**

（あなたが決めて）

061 それ、メールで送って。

☞ ネイティブは4語で表現

日本人にありがちな英語

Send them to me in an email.

ネイティブの短い英語

Email them to me.

解説

会議や講義のメモ（notes）や大量の文書（documents）などをパソコンに送ってほしい。そんなときの表現です。

Send them to me in an email. は正しい英文ですが、ネイティブは email という動詞を使って簡潔に表現しようとします。

◆ Email them to me.（それ、メールしてね）

◆ Email me later.（あとでメールしてね）

会話例

A：Do you want a copy of my lecture notes?

（私の講義ノート、見る？）

B：Yes. Email them to me.

（ええ。メールで送って）

062 添付ファイルをご確認ください。

☞ ネイティブは3語で表現

日本人にありがちな英語

Please confirm the file I attached.

ネイティブの短い英語

See (the) attached file.

解説

「確認する」というと日本人は「confirm」という動詞を思いつくようですが、簡単に「see」であらわすのが自然です。Please see (the) attached file. と言ってみましょう。

あるいは、以下のように表現するのはどうでしょう？

◆I've attached the file.

（ファイルを添付しました）

「見て」と言わずとも、これなら見てくれるはずです。

会話例

A：**What's the agenda for tomorrow meeting?**

（明日の会議の議題を知りたいんだけど）

B：**I just emailed you. See attached file.**

（メールを送ったから添付ファイルを見て）

063 お手数おかけします。

☞ ネイティブは3語で表現

日本人にありがちな英語

(×) I'm sorry to cause you trouble.

ネイティブの短い英語

Thanks in advance.

解説

「お手数おかけします」は、シーンによってさまざまな言い方ができます。依頼の表現として、Thanks for your support.（お力添えをお願いします）、Thanks for understanding.（ご理解お願いします）などを用いるのもありですが、オススメは Thanks in advance.（あらかじめお礼申し上げます）です。多くのシーンで使えます。

会話例

A：Could you send copies of this to us all?
（このコピーを全員に送ってくれる？）

B：I'll do it right after the meeting.
（ミーティングのあとですぐにやります）

A：Thanks in advance.
（お願いね）

064 おかげで助かりました。

☞ ネイティブは5語で表現

日本人にありがちな英語

You really helped me a lot.

ネイティブの短い英語

You were a big help.

解説

　このフレーズ（You were a big help.）がなかなか出てこないようです。ここで用いられている help は、動詞ではなく、「助けになる人／役立つ人間」の意味を持った名詞です（冠詞の“a”がついていることに注目してください）。

　通例、big のほかにも great／real／tremendous（絶大な）などといった形容詞が用いられます。この形容詞を強く発音してください。

会話例

A：Thanks. You were a big help.

（ありがとう。おかげで助かりました）

B：Glad I could help.

（お役に立ててよかったわ）

065 お疲れ様です。

☞ネイティブは3語で表現

日本人にありがちな英語

Thank you for your hard work.

ネイティブの短い英語

See you tomorrow.

解説

ねぎらいの気持ちを込めた「お疲れ様」は、

◆Thank you for your hard work.

（ご苦労ありがとう）

が適切ですが、帰宅するときの慣用表現としての「お疲れ様」や「お先に失礼します」は、英語では、

◆See you tomorrow.（また、明日）

に置きかえられます。その日が金曜日なら、Have a nice weekend.（よい週末を）と言います。

会話例

A：See you tomorrow.

（お疲れ様）

B：Bye.

（お疲れ）

066 あまり無理しないで。

☞ ネイティブは3語で表現

日本人にありがちな英語

? Don't overwork yourself.

ネイティブの短い英語

Don't overdo it.

解説

以下が「無理しないで」や「あまり根《こん》をつめないで」にあたる英語表現です。

◆Don't overdo it.（無理しないで）

◆Don't work too hard.（がんばりすぎないで）

◆Don't stay too late.（遅くまでがんばらないで）

会話例

A：**You're not coming with us?**
（私たちと一緒に来ないの？）

B：**No. I have to finish this by morning.**
（うん。朝までにこれを片づけなきゃいけないんだ）

A：**OK. Don't overdo it.**
（わかった。無理しないでね）

067 すぐに戻ります。

☞ ネイティブは3語で表現

日本人にありがちな英語

(?) I'll come back very soon.

ネイティブの短い英語

Be right back.

解説

I'll come back very soon. は文法的に正しい文ですが、ネイティブにはなじみのないものです。

こうしたとき、ネイティブは、

◆ (I'll) Be right back.

と言います。ここでの right は「すぐに／ただちに」を意味する副詞です。

会話例

A：Be right back.

（すぐに戻るよ）

B：Where are you going?

（どこへ行くの？）

A：To get something from my office.

（オフィスに忘れ物を取りに行ってくる）

068 いまは在宅勤務をしています。

☞ ネイティブは5語で表現

日本人にありがちな英語

☒ I work at my house now.

ネイティブの短い英語

I work from home now.

解説

英語では「在宅勤務する」を work from home と言っています。「from home」となる理由は、会社という組織に属しながらも、自宅から仕事に関わっているというニュアンスがあるためです。

日本人の感覚に合わせて「自宅で = at home」を使うのは、ネイティブの発想にはないものです。それに日本人でも、「今日は自宅から参加します」なんて言いますよね。

会話例

A：Are you in the office tomorrow?

（明日は出勤しますか？）

B：No. I work from home now.

（いいえ。このところいつも在宅勤務です）

CHAPTER 4

ショッピング編

ウィンドウショッピングから会計までをスムーズにやってみましょう。簡潔で確実に伝わる表現が満載です！

069 お店の方ですか？

☞ ネイティブは4語で表現

日本人にありがちな英語

(?) Are you a clerk at this store?

ネイティブの短い英語

Do you work here?

解説

「お店の方ですか？」を、Are you a clerk at this store? と言ったらどうでしょうか。たぶん伝わるでしょうが、不自然な英語です。「スタッフですか？」と言い換えて、Are you a staff? という英語もヘンです。staff はその職場で働く全員の総称なので、1人の人間を指して a staff とは言えないのです。

◆ Do you work here?（ここで働いている方ですか？）
英語圏の人たちはこのような発想をします。

会話例

A：**Do you work here?**
（お店の方ですか？）

B：**Yes, what can I do for you?**
（はい、何でしょう？）

070 ただ見ているだけです。

☞ ネイティブは3語で表現

日本人にありがちな英語

I'm just looking around.

ネイティブの短い英語

Just looking, thanks.

解説

店員に「何かお探しですか？」とたずねられました。「ただ見ているだけです」と言いたければ、

◆I'm just looking around.

◆I'm just looking.

◆Just looking.

などと答えます。私が読者のみなさんにお伝えしたいことは、「ありがとう」のひとことを添えること。これで失礼に聞こえることはありません。

会話例

A：Hello. Do you need any help?

（いらっしゃいませ。何かお探しですか？）

B：Just looking, thanks.

（見ているだけです。ありがとう）

071 バンドエイドは置いてありますか？

☞ ネイティブは4語で表現

日本人にありがちな英語

(?) Does this shop sell Band-Aids?

ネイティブの短い英語

Do you have Band-Aids?

解説

「Aを置いていますか？」は、店を主語にするのではなく、店で働いている人たちを総称的にyouでとらえ、〈Do you have A?〉とします。

◆ Do you have batteries?
（電池は置いてありますか？）

◆ Do you have contact lens solution?
（コンタクトレンズの保存液は置いてありますか？）

会話例

A：Do you have Band-Aids?
（バンドエイドは置いてありますか？）

B：Yes, we do. This way, please.
（はい、ありますよ。こちらへどうぞ）

072 バッグがほしいんですけど。

☞ ネイティブは4語で表現

日本人にありがちな英語

I want to buy a bag.

ネイティブの短い英語

I need a bag.

解説

店頭で「バッグを買い求めたいんですけど」と言いたい場合、日本人はI want to buy a bag.と言ってしまいがち。伝わるでしょうが、これだと、小さな子どもが「バッグを買いたいよお」とおねだりをしているように聞こえます。

◆I'm looking for a bag.（バッグを探しています）

◆I need a bag.（バッグがほしいのですが）

このいずれかを使うようにしましょう。

会話例

A：**I need a bag.**

（バッグがほしいんですけど）

B：**What kind of bag are you looking for?**

（どんなバッグをお探しですか？）

073 手にとってもいいですか？

☞ ネイティブは4語で表現

日本人にありがちな英語

(?) Can I hold it in my hand?

ネイティブの短い英語

Can I see it?

解説

たとえば、ショーケースの中に入った腕時計を手にとって見たいとき、ネイティブは、

◆Can I see that silver watch in the back?

（後ろの銀の腕時計を見たいのですが）

と言います。

ここでは、何かを手にとって見たいときのフレーズ、〈Can I see A?〉を覚えましょう。「手にとって」を訳す必要はありません。

会話例

A：Do you see anything you like?

（気に入ったものがありましたか？）

B：Yes. That silver one. Can I see it?

（うん。その銀のやつ。手にとってもいいかな？）

074 これ、いくらですか？

☞ ネイティブは4語で表現

日本人にありがちな英語

How much does this cost?

ネイティブの短い英語

How much is this?

解説

ものの値段を聞く場合、

◆How much?

と言っても十分伝わりますが、言い方によってはぶっきらぼうに聞こえるので、やはり、

◆How much does this cost?

◆How much is this?

と丁寧に言うことをおすすめします。

会話例

A：These are all on sale.

（こちらの商品は全部セール中です）

B：How much is this?

（これ、おいくら？）

075 いくらだって？

☞ネイティブは3語で表現

日本人にありがちな英語

How much is it?

ネイティブの短い英語

What's the damage?

解説

　買い物をしているときや、食事の席で勘定書がテーブルに置かれたときに、仲間うちでたずねる表現です。

◆ How much is it?（いくら？）

◆ What's the total?（総額は？）

　も OK ですが、こんな面白い表現はいかがですか。

◆ What's the damage?

　支払いを damage（損害）であらわす、アメリカ人が好んで使うユーモラスな表現です。

会話例

A：What's the damage?

（いくら？）

B：It's only $60.

（たったの60ドルよ）

076 これは税込価格ですか？

☞ネイティブは2語で表現

日本人にありがちな英語

Does this price include tax?

ネイティブの短い英語

With tax?

解説

税込の価格かどうかを知りたいとき、Does this price include tax?（この価格は税込ですか？）と言ってもいいのですが、ネイティブは、日本人の言う「税込？」のように短く表現します。以下の表現も可能です。

◆Tax included?

◆After tax?

会話例

A：**It's $69.75.**

（69ドル75セントです）

B：**With tax?**

（税込？）

A：**No. That's without tax.**

（いいえ。税抜です）

077 ギフト包装をしてもらえますか？

☞ ネイティブは3語で表現

日本人にありがちな英語

Can you wrap items as gifts?

ネイティブの短い英語

Do you gift-wrap?

解説

日本人は gift を名詞として用い、wrap を動詞として使おうとする傾向がありますが、ネイティブスピーカーは gift-wrap（贈答用として包装する）という動詞を用いて表現します。発音は〔**ギ**フトラップ〕で、アクセントは前にあります。

会話例

A：Do you gift-wrap?
（ギフト包装をしてもらえますか？）

B：Yes. Gift-wrapping is complimentary.
（はい。ギフト包装は無料です）

※complimentary「無料で／サービスで」（free という形容詞を使ってもいいのですが、"complimentary" のほうが上品に聞こえます）

078 お金がかかりますか？

☞ ネイティブは3語で表現

日本人にありがちな英語

Do you charge for it?

ネイティブの短い英語

Is it free?

解説

chargeは「(代金を) 請求する／(金額を) 課する」という意味です。「Aはお金がかかりますか？」とたずねる場合、ネイティブはよく〈Do you charge for A?〉というフレーズを用います。

とはいえ、ここで知りたいのは、つまり無料かどうかです。「Aはタダですか？」を意味する〈Is A free?〉という表現もよく用いられており、言いやすいほうで口慣らしをすることをおすすめします。

会話例

A：Is gift-wrapping free?
　(ギフト包装はタダですか？)

B：Yes. It is complimentary.
　(はい、無料です)

079 これの小さいサイズはありますか？

☞ ネイティブは4語で表現

日本人にありがちな英語

Do you have a smaller size?

ネイティブの短い英語

(Do you have) This in a small?

解説

〈Do you have this in A?〉は便利なフレーズです。

Aのところにサイズや色を入れて練習しましょう。

◆Do you have this in a large?

（これの大きなサイズはありますか？）

◆Do you have this in any other colors?

（これのほかの色はありますか？）

なお、Do you have は省略してもつうじます。

会話例

A：This in a small?

（これの小さいサイズはありますか？）

B：Yes. I'll get one for you.

（はい。持ってまいります）

080 このカードは使えますか？

☞ ネイティブは4語で表現

日本人にありがちな英語

Is it possible to use this card?

ネイティブの短い英語

Can I use this?

解説

　クレジットカードで会計をしてみましょう。カードを取り出して、「これ使えますか？」は以下の表現を使います。

◆Is this credit card OK?

◆Do you take this card?

◆Can I use this card?

◆Can I use this?

会話例

A：**Can I use this?**

（これ使えますか？）

B：**Sorry, we don't take credit cards.**

（すみません。クレジットカードは使えません）

081 現金で払います。

☞ ネイティブは2語で表現

日本人にありがちな英語

I'll pay in cash.

ネイティブの短い英語

Cash, please.

解説

I'll pay in cash. は、もちろん理解できますが、フォーマルすぎるきらいがあります。

A：How will you be paying?

（お支払いはどのようになさいますか？）

B：(In) Cash.

（現金で）

このような場合は、Cash. とだけ答えるのが一般的です。ぶっきらぼうには聞こえません。

会話例

A：Cash or charge?

（現金ですか、カードですか？）

B：Cash, please.

（現金で）

COLUMN

take のイメージを

“take” という動詞には、「とって自分のものにする」とか「選んで取り込む」といったイメージがあります。

ショッピングのとき、「これをいただきます」を、

◆I'll take this one.

と言いますが、ネイティブはこのフレーズを「これを選びとります＝これにします」というニュアンスで用いています。「これを買います」とか「これを購入します」と言う日本人がいますが、“I'll buy this one.” と表現する発想がそもそもネイティブにはありません。

◆I'd like this one, please.

（これ、お願いします）

このように言っても伝わるでしょうが、やはり「手に入れる」（take）という意思を明確にして、〈I'll take this one.〉と言うのが一般的です。

A：Have you made up your mind?

（お決まりになりましたか？）

B：Yes. I'll take this one.

（ええ。これにします）

CHAPTER 5

食事の席
編

食事の席は、会話の席でもあります。
連れ立った人と、そして店員さんと。
役立つ表現をご紹介します。

082 一緒に食事に行かない？

☞ ネイティブは5語で表現

日本人にありがちな英語

Do you want to go out for dinner with me?

ネイティブの短い英語

Wanna go out for dinner?

解説

カジュアルな食事の誘い文句です。

Do you want to go out for dinner with me? も間違っていませんが、さらにカジュアルにしたのが、

◆Wanna go out for dinner?

という表現です。

wanna は want to の口語体で、〔ワナ〕と読みます。くだけた言いまわしです。

会話例

A：Wanna go out for dinner?

（食事に行かない？）

B：Sure! When?

（いいわよ！　いつ？）

083 待ち時間はどのくらいですか？

☞ネイティブは5語で表現

日本人にありがちな英語

How long do we have to wait?

ネイティブの短い英語

How long is the wait?

解説

店内はお客さんでいっぱい。空いているテーブルはなさそうです。そんなとき、待ち時間をたずねます。

◆How long do we have to wait?

◆How long is the wait?

どちらもよく使います。下の英文のほうが短く済みます。wait は「待ち時間」をあらわす名詞です。

会話例

A：**How long is the wait?**

（待ち時間はどのくらいですか？）

B：**About 30 minutes.**

（だいたい30分ぐらいですね）

A：**Hm ... maybe another time.**

（うーん……。また来ます）

084 アットホームなレストランね。

☞ ネイティブは2語で表現

日本人にありがちな英語

ⓧ It's an at home restaurant.

ネイティブの短い英語

(It's a) Cozy restaurant.

解説

「家庭的」や「あたたかい」という意味のアットホームは和製英語です。

小ぢんまりして家庭的な雰囲気のあるレストランは、“cozy” という形容詞を使って言いあらわします。日本語の「アットホーム」にぴったりです。

◆ (It's a) Nice and cozy restaurant.
（ここはアットホームで素敵なレストランね）

会話例

A：Cozy restaurant!
（アットホームなレストランね！）

B：It is!
（でしょ！）

085 窓際のテーブルがいいんですが。

☞ ネイティブは4語で表現

日本人にありがちな英語

We'd like a table by the window.

ネイティブの短い英語

A window table, please.

解説

窓際のテーブルは window table と言います。

◆ A table near the piano, please.
（ピアノに近いテーブルがいいんですが）

◆ The table over there, please.
（あそこのテーブルがいいんですが）

飛行機や電車などの窓側の席は、window seat と表現します。通路側の席は aisle seat になります。aisle は〈s〉を発音しない〔アイル〕です。

会話例

A：**Is this table OK?**
（こちらのテーブルでよろしいですか？）

B：**A window table, please.**
（窓際のテーブルがいいんですが）

086 テラス席を利用できますか？

☞ ネイティブは4語で表現

日本人にありがちな英語

Would it be possible to eat on the patio?

ネイティブの短い英語

Can we sit outside?

解説

美しい風景を眺めながら飲食を楽しむ。欧米のカフェやレストランでは、戸外のテラス（英語では patio と言っています）を希望する人がたくさんいます。

「テラス席＝patio」を忘れてしまったら、outside で済ませてしまいましょう。sit のところを eat としても間違いではありませんが、ネイティブスピーカーは sit を使って表現するのが一般的です。

会話例

A：Can we sit outside?

（テラス席を利用できますか？）

B：Certainly. This way, please.

（はい。どうぞこちらへ）

087 お酒は飲みますか？

☞ ネイティブは3語で表現

日本人にありがちな英語

Do you drink alcohol?

ネイティブの短い英語

Do you drink?

解説

drink は飲み物を「飲む」という意味ですが、状況や文脈によっては「アルコールを飲む」という意味で用いられます。

◆I don't drink.（ふだんは飲みません）

◆I drink occasionally.（たまに飲みます）

◆I'm not drinking tonight.（今夜はやめておきます）

会話例

A：**Do you drink?**

（お酒は飲みますか？）

B：**Not really, but today's special.**

（あまり。でもきょうは特別です）

088 何を飲みますか？

☞ ネイティブは3語で表現

日本人にありがちな英語

What do you want to drink?

ネイティブの短い英語

What're you drinking?

解説

「何を飲みますか？」は、What're you drinking? と言います。最初の1杯だけでなく、2杯目、3杯目のときにも使える便利な表現です。この場合の「飲む」対象ですが、アルコールだけでなく、ジュースやソフトドリンクも含んでいると考えていいでしょう。

◆Let's start with some white wine.
（まずは白ワインからいきましょう）

会話例

A：**What're you drinking?**
（何を飲む？）

B：**The usual, beer.**
（いつもとおんなじ、ビール）

089 ソフトドリンクは何がありますか？

☞ ネイティブは3語で表現

日本人にありがちな英語

What kinds of soft drinks do you have?

ネイティブの短い英語

Any soft drinks?

解説

アメリカでは一般に、アルコールを含まない炭酸飲料を「ソフトドリンク」と呼んでいます。「ソフトドリンクは何がありますか？」は、

◆ Do you have any soft drinks?

とたずねてもいいのですが、Do you have の部分は省略して、

◆ Any soft drinks?

と上げ調子で言います。

会話例

A：What can I get you? Beer? Wine?

（何をさしあげましょうか？　ビール？　ワイン？）

B：Any soft drinks?

（ソフトドリンクは何がありますか？）

090 何かおすすめはありますか？

☞ ネイティブは2語で表現

日本人にありがちな英語

Do you have any recommendations?

ネイティブの短い英語

What's good?

解説

ウェイトスタッフに「おすすめ料理」をたずねてみましょう。長いものから並べていきます。

◆ Do you have any recommendations?

◆ What would you recommend?

◆ What's good?

ウェイトスタッフのなかには高価なものをすすめる人もいるので、彼らには聞かないという人もいます。そうしたときは案内してくれた友人に聞くとよいでしょう。

会話例

A：What's good?

（おすすめは何？）

B：The seafood here is awesome!

（ここのシーフードは最高だよ！）

091 シーフード料理が好物です。

☞ ネイティブは3語で表現

日本人にありがちな英語

Seafood is my favorite food.

ネイティブの短い英語

I love seafood.

解説

ここでは「好物は○○です」という言いまわしを覚えましょう。ネイティブはこうしたとき、単純に、loveという動詞を好んで用います。

◆I love sushi.（お鮨が好きです）

◆I love beef.（牛肉が好物です）

◆I love tofu.（豆腐が大好きです）

◆I love eggs.（好物は卵料理です）

◆I love steak.（ステーキが大好きなんです）

会話例

A：I love seafood.
（好物はシーフード料理です）

B：I know a good place for sushi.
（鮨のいい店を知ってるよ）

092 卵アレルギーなんです。

☞ ネイティブは4語で表現

日本人にありがちな英語

I have an egg allergy.

ネイティブの短い英語

I'm allergic to eggs.

解説

食べ物のアレルギーがある人はけっこういるものです。ここでは、I'm allergic to A.（A に対してアレルギーがある）という世界標準のフレーズを覚えてください。allergic の発音は〔アラージック〕です。

◆I'm allergic to milk.（牛乳アレルギーです）

◆I'm allergic to wheat.（小麦アレルギーです）

◆I'm allergic to shellfish.（甲殻類アレルギーです）

◆I'm allergic to soy.（大豆アレルギーです）

会話例

A：Do you have any food allergies?

（食べ物アレルギーがありますか？）

B：I'm allergic to eggs.

（卵アレルギーなんです）

093 （注文をとりにきた店員に）まだ決めていません。

☞ ネイティブは2語で表現

日本人にありがちな英語

No, I'm not ready to order yet.

ネイティブの短い英語

Not yet.

解説

　このような場面では、次の2つがよく使われています。

◆ I haven't decided what to order yet.

◆ Not yet.

　後者のほうが短く済みます。状況から判断して、ウェイトスタッフも理解してくれるでしょう。

　料理をさげようとされた場合は次のように言います。

◆ I'm not done yet.（まだ済んでいません）

◆ I'm not finished yet.（まだ終わっていません）

会話例

A：**Are you ready to order?**

（ご注文はお決まりですか？）

B：**Not yet.**

（まだです）

094 （メニューを指さしながら）これにしようかな。

☞ ネイティブは3語で表現

日本人にありがちな英語

I think I will have this.

ネイティブの短い英語

I'll have this.

解説

日本人はあいまいな表現を好みます。自分のことでも「たぶん〜」「〜かも」「〜かな」「〜と思うけど」などとよく言いますね。それで、英語でも I think をやたらとつけたがるのです。

「〜にします」は、〈I'll have the + 料理名.〉と覚えておきましょう。メニューを指さして「これにします」は I'll have this. です。すすめてくれた料理にしたいときは、I'll have that.（それにします）と言います。

会話例

A：**What can I get you?**

（何にいたしましょう？）

B：**I'll have this.**

（これにします）

095 チーズバーガーをピクルス抜きでください。

☞ ネイティブは4語で表現

日本人にありがちな英語

I want a cheeseburger without pickles.

ネイティブの短い英語

Cheeseburger, no pickles, please.

解説

料理に含まれる食材を抜いてもらいたいときは、〈料理名＋ no ...〉でつうじます。

◆ Hot dog, no ketchup, please.
（ホットドッグ、ケチャップ抜きで）

◆ Chili dog, no onions, please.
（チリドッグ、オニオン抜きで）

◆ Water, no ice, please.
（氷抜きの水をください）

会話例

A：What'll you have?
（何にします？）

B：Cheeseburger, no pickles, please.
（チーズバーガー、ピクルス抜きで）

096 同じものをください。

☞ ネイティブは3語で表現

日本人にありがちな英語

I'd like to have the same thing as him.

ネイティブの短い英語

Same here, please.

解説

先に注文した人と同じものをオーダーするときのフレーズです。以下の表現も使えます。

◆ I'll have the same (thing).

◆ Same for me, please.

会話例

A：Are you ready to order?

（ご注文はよろしいですか？）

B：I'll have spaghetti and meatballs.

（僕はスパゲッティとミートボール）

A：OK. And you?

（はい。お客さまは？）

C：Same here, please.

（同じものをください）

097 会計は別々でお願いします。

☞ ネイティブは3語で表現

日本人にありがちな英語

I want to pay the check separately.

ネイティブの短い英語

Separate checks, please.

解説

別会計にしてもらいたいときは、前もって、

◆ Can we get separate checks?

◆ Separate checks, please.

などと伝えます。

総額を均等に割って、「ワリカンでいこう」なら、

◆ Let's split the bill.

◆ Let's go fifty-fifty.

と相手に言います。

会話例

A：Is this together?

（会計はご一緒ですか？）

B：Separate checks, please.

（別々でお願いします）

098 私たちの友情に乾杯しましょう！

☞ ネイティブは3語で表現

日本人にありがちな英語

Let's drink to our friendship!

ネイティブの短い英語

To good friends!

解説

グラスを持ちあげながら、Cheers!（乾杯！）と声を発するのはよく知られています。これはcheer（喝采）を複数形にしたものなので、動詞として用いることはできません。「Aに乾杯しましょう」は一般に、〈Let's drink to A!〉というフレーズを用います。このdrinkは「祝杯をあげる」という意味の動詞です。また、Here's to A!（Aに乾杯！）もよく用いられますが、〈To A!〉だけでつうじます。

会話例

A：To good friends!

（友情に！）

B：I'll drink to that! Cheers!

（友情に乾杯しよう！　カンパーイ！）

099 これは注文していません。

☞ ネイティブは4語で表現

日本人にありがちな英語

I'm afraid this isn't what I ordered.

ネイティブの短い英語

I didn't order this.

解説

注文していないものが出てきたとき、あなたならどう言いますか。ネイティブなら、短く、

◆This isn't what I ordered.
（これは私が注文したものではありません）

◆I didn't order this.
（これは注文していません）

などと言います。

会話例

A：**Here you go! One order of French fries.**
（お待たせしました！　フライドポテトひとつです）

B：**I didn't order this.**
（これは注文していません）

100 ひと口もらってもいい？

☞ ネイティブは4語で表現

日本人にありがちな英語

Can I have some of your food?

ネイティブの短い英語

Can I try some?

解説

料理が運ばれてきました。

◆Let's eat!（では、食べましょう！）

◆Let's eat before it gets cold.
（冷めないうちに、いただきましょう）

さあ食事が始まりました。仲のよい人なら、

◆Can I have some?（ひと口もらってもいい？）

とおねだりしても大丈夫。

会話例

A：**Mine is so good!**
（あたしの、すごくおいしい！）

B：**Can I try some?**
（ひと口もらってもいい？）

101 ひと口、食べる？

☞ ネイティブは3語で表現

日本人にありがちな英語

Do you want to try a bite of this?

ネイティブの短い英語

Want a bite?

解説

自分の食べ物を相手にひと口あげるときに用いるフレーズです。bite は「ひと口食べること」の意味です。

◆ Want a bite?（ひと口、食べる？）

Do you want a bite? の短縮形です。Want to[Wanna] try some?（ちょっと食べてみる？）と言っても OK です。

飲み物の場合は、次のように言います。

◆ Want a sip?（ひと口、飲む？）

sip（ひと口すること）という単語を用います。

会話例

A：**How's your pasta?**

（パスタ、どう？）

B：**Delicious! Want a bite?**

（すごくうまい！　ひと口、食べる？）

102 これ、とってもおいしい。

☞ネイティブは2語で表現

日本人にありがちな英語

This tastes really delicious.

ネイティブの短い英語

(This is) So good.

解説

「おいしい」と思ったら、This is good.（これ、おいしい）と声をあげてみましょう。So good. とだけ言ってもかまいません。日本人は delicious（とてもおいしい）を使いすぎるきらいがあります。「"おいしい" はふつう "good" を使う」と覚えておきましょう。

◆It's pretty good.（わりとおいしいね）

◆It was good.（おいしかった）

◆Was it good?（おいしかった？）

会話例

A：**Oh, my gosh! This is so good!**

（何これ！　めっちゃおいしい！）

B：**Mine's good, too!**

（僕のもだよ！）

103 とってもおいしそうなにおいだね。

☞ ネイティブは2語で表現

日本人にありがちな英語

That food smells good.

ネイティブの短い英語

Smells good.

解説

主語を省略するのがカジュアルな表現です。見た目がおいしそうなら、同様に次のように言います。

◆Looks good.（おいしそう）

盛りつけ（presentation）が独創的なら、以下のように言ってみましょう。

◆The presentation is so creative.
（盛りつけが独創的ね）

会話例

A：**Here you are. One large pepperoni pizza.**
（お待たせしました。ペパロニピザラージです）

B：**Smells good!**
（おいしそうなにおい！）

104 おかわりはいかがですか？

☞ ネイティブは3語で表現

日本人にありがちな英語

Would you like some more?

ネイティブの短い英語

Want some more?

解説

「おかわりはいかがですか？」をネイティブは、

◆ Would you like some more?

◆ (Do you) Want some more?

◆ (Do you want) Some more?

と上げ調子で言います。

「おかわりしてね」なら、

◆ Have some more.

と下げ調子で言います。

会話例

A：**Want some more?**

（おかわりはいかがですか？）

B：**Just a little.**

（ちょっとだけ）

105 これと同じ飲み物をもう1杯お願いします。

☞ ネイティブは4語で表現

日本人にありがちな英語

Can I have another of this kind of drink?

ネイティブの短い英語

Another of the same.

解説

同じ飲み物をもう1杯ほしいとき、ネイティブは、

◆ Another of the same.

◆ One more of the same.

などと言います。

日本人の言いがちな Can I have another of this kind of drink? は、文法的に正しく、しかも伝わるでしょうが、このように丁寧に組み立てた文で言うネイティブはまずいません。

会話例

A：One more of the same, please.
（これと同じ飲み物をもう1杯ね）

B：Bourbon on the rocks, coming right up!
（バーボンのロックですね。すぐにお持ちします！）

106 もう食べられません。

☞ ネイティブは2語で表現

日本人にありがちな英語

I can't eat any more.

ネイティブの短い英語

I'm full.

解説

「もうお腹いっぱい」にあたる表現として、ネイティブはよく次のように言います。

◆I can't eat any more.（もう食べられません）

◆I'm done[finished].（もうけっこうです）

◆I'm stuffed.（もう限界）

◆I'm full.（お腹いっぱい）

ちなみに私はI can't eat another bite.（もうひと口も食べられない）をよく使っています。

会話例

A：**I'm full.**

（お腹いっぱい）

B：**Me, too! I can't eat another bite.**

（私も！　あとひと口も食べられない）

107 お皿をさげてもらえますか？

☞ ネイティブは2語で表現

日本人にありがちな英語

Could you take away these plates?

ネイティブの短い英語

We're done.

解説

食べ終わったお皿をさげてほしいとき、もちろん、

◆ Could you take these?
（これらをさげてくれませんか？）

と言ってもいいのですが、ネイティブは、

◆ We're done.（済みました）

◆ We're finished.（終わりました）

などと言って、皿をさげてほしいことを暗に伝えます。

会話例

A：**Can I get you anything else?**
（ほかに何か持ってきましょうか？）

B：**No, thanks. We're done.**
（いいえ、けっこうです。これで終わりにします）

108 どの料理もおいしかったです。

☞ ネイティブは3語で表現

日本人にありがちな英語

Each dish was delicious.

ネイティブの短い英語

Everything was good.

解説

ウェイトスタッフから、「お料理はいかがでしたか？」と聞かれたら、

◆ Everything was good [fantastic／perfect／great].
と応じます。

それぞれの料理について感想を言うのは面倒なので、これだけ覚えておけばいいでしょう。どの形容詞を使っても OK です。

会話例

A：How was everything?
（料理はいかがでしたか？）

B：It was good.
（どれもおいしかったです）

109 これを持ち帰りたいのですが。

☞ ネイティブは5語で表現

日本人にありがちな英語

I'd like to take this home with me.

ネイティブの短い英語

Can I get a box?

解説

フードロスをなくすために持ち帰りをすすめているレストランでは、次のように言うことができます。

◆Can I get a container for this?

（持ち帰り用の容器をいただけますか？）

◆Can I take this home?

（これ持ち帰れますか？）

◆Can I get a box?

（残り物を入れる容器をいただけますか？）

会話例

A：**Can I get a box?**

（持ち帰り用の容器をもらえます？）

B：**Sure. I'll be right back.**

（はい。すぐに持ってまいります）

110 ここはごちそうします。

☞ ネイティブは3語で表現

日本人にありがちな英語

I'll pay for the meal.

ネイティブの短い英語

It's on me.

解説

おごる人は、たいてい食事の前に、

◆I'll treat you to dinner tonight.

（今夜のディナーはごちそうします）

と言います。席に座って、

◆(It's) My treat tonight.（今夜は私のおごりです）

◆It's on me.（ここは私がごちそうします）

などと言う人もいます。

会話例

A：**It's on me!**

（ここはおごるよ！）

B：**Thanks! I'll get it next time.**

（ありがとう！　次回は私がごちそうするからね）

CHAPTER 6

お出かけ編

さあ、待ちに待った休日です！　お出かけ前から行く先々での会話まで。さまざまな表現を覚えましょう。

111 今週末の予定は？

☞ ネイティブは5語で表現

日本人にありがちな英語

Do you have any plans for the weekend?

ネイティブの短い英語

Any plans for the weekend?

解説

Do you have any ...?（……はありますか？）という疑問文は、たいてい Any ...? のように略したかたちでもつうじます。

◆ Any plans for Sunday?
（日曜日、予定ある？）

◆ Any ideas for the festival?
（フェスティバルのアイディアはある？）

会話例

A：Any plans for the weekend?
（今週末、予定ある？）

B：Not really. You?
（べつにないけど。あなたは？）

112 いつなら空いているの？

☞ ネイティブは3語で表現

日本人にありがちな英語

When are you available?

ネイティブの短い英語

When is good?

解説

「いつなら空いているの？」とたずねるときの表現です。

◆ When are you free?

◆ When is a good time (for you)?

◆ When is good (for you)?

available（手がすいている）という単語を使ってもいいのですが、free（暇で）や good（都合がいい）を用いるのがネイティブ流です。

会話例

A：Let's get together and talk about it.

（それについては会って話そうよ）

B：OK. When is good?

（いいよ。いつがいい？）

113 場所はどこにする？

☞ ネイティブは1語で表現

日本人にありがちな英語

Where do you want me to meet you?

ネイティブの短い英語

Where?

解説

「どこで会おうか？」とか「場所はどこにする？」に相当する表現を列挙してみます。

◆ Where do you want me to meet you?

◆ Where do you want to meet?

◆ Where should we meet?

文脈上、明らかなときは、

◆ Where?（場所は？）

とだけ言うことがあります。

会話例

A：**Let's get together tonight.**

（今夜会おうよ）

B：**OK. Where?**

（いいよ。で、どこにする？）

114 何時にどこで待ち合わせましょうか

☞ ネイティブは3語で表現

日本人にありがちな英語

What time and where should we meet?

ネイティブの短い英語

When and where?

解説

前頁で紹介した省略表現の合わせ技です。話の流れから明らかなときは、後ろを端折って、ネイティブは、

◆When and where?（いつどこで？）

と言ってしまいます。じつはこれ、定番の表現なのです。

一般に、Where and when? という語順で言うことはありませんのでご注意を。

会話例

A：Let's get together this weekend!

（週末、会おうよ！）

B：OK. When and where?

（いいよ。いつどこで？）

115 待ち遠しいなあ。

☞ ネイティブは2語で表現

日本人にありがちな英語

I'm looking forward to it.

ネイティブの短い英語

(I) Can't wait.

解説

「待ち遠しい」にあたる表現は2つあります。1つは、

◆ I'm looking forward to it.

です。丁寧な表現なので、おもにビジネスやメールなどで用いられています。もう1つは、

◆ (I) Can't wait.

です。カジュアルでイキイキとした表現なので、口語では圧倒的にこちらがよく用いられています。心からワクワクしている感じが伝わってきます。

会話例

A：Great! See you on Friday!

（了解！　じゃあ金曜日ね！）

B：Can't wait!

（楽しみです！）

116 出かける準備はできた？

☞ ネイティブは1語で表現

日本人にありがちな英語

Are you ready to go?

ネイティブの短い英語

(Are you) Ready?

解説

「出かける準備はできた？」をネイティブスピーカーはどんなふうに言っているのでしょうか。

◆(Are you) All set (to go)?

※be all set「準備万端である」

◆(Are you) Ready (to go)?

to go はわかりきっているので、省略する傾向があります。

会話例

A：Ready?

（準備できた？）

B：Almost. Give me 5 minutes.

（もうちょっと。あと5分ちょうだい）

117 忘れ物はない？

☞ ネイティブは2語で表現

日本人にありがちな英語

Are you forgetting anything?

ネイティブの短い英語

Got everything?

解説

「忘れ物はない？」を英語では、Got everything? と言います。これは (Have you) Got everything?（全部、持った？）のことで、前半部をよく省略してしまいます。

また、Have you got は Do you have と同じ意味の口語体です。ですから、

◆ Do you have everything?（全部、持った？）

と言っても OK です。

会話例

A：Got everything?

（忘れ物はない？）

B：Yes. Let's go!

（ない。行こう！）

118 もう着いた？

☞ ネイティブは3語で表現

日本人にありがちな英語

Have you already arrived there?

ネイティブの短い英語

You already there?

解説

「もう着いた？」をネイティブはどのように言っているのでしょうか。

◆ Have you already arrived there?

このように「もう到着しましたか？」と表現してもいいのですが、

◆ Are you already there?（もうそこにいるの？）

◆ You already there?

と言うほうがナチュラルに聞こえます。

会話例

A：**You already there?**

（もう着いた？）

B：**Yeah, I'm here.**

（うん、着いたよ）

119 あと10分で着く。

☞ ネイティブは4語で表現

日本人にありがちな英語

I'll be there in 10 minutes.

ネイティブの短い英語

Be there in 10.

解説

いずれも完璧な英語です。とはいえ、ネイティブはI'llの部分を省略する傾向が強いのです。いくつか例をお見せしましょう。

- ◆(I'll) Be there soon.（すぐに着きます）
- ◆(I'll) Be right back.（すぐに戻るよ）

また、文脈上わかりきっている“minutes”や“days”も省略してしまいます。上の例文の場合、まさかあと10秒や10時間、10日なんてことはありませんよね。

会話例

A：Where are you?

（いまどこ？）

B：Be there in 10.

（あと10分でそっちへ着く）

120 遅れそうです。

☞ ネイティブは2語で表現

日本人にありがちな英語

I'm going to be late.

ネイティブの短い英語

Running late.

解説

「遅刻しそうだ」とか「遅れそうです」を伝える表現には、次のようなものがあります。

◆I'm going to be late.

◆(I'm) Running late.

be running late は「遅れて到着する」という意味の口語表現で、通例、進行形で用います。

◆Running late for work.（仕事に遅れそうだ）

◆Running late for school.（学校に遅れそうだ）

会話例

A：Where are you?

（いまどこ？）

B：Sorry. Running late.

（ごめん、遅れそう）

121 5分遅れそうです。

☞ ネイティブは5語で表現

日本人にありがちな英語

(×) I'll be late for 5 minutes.

ネイティブの短い英語

I'll be 5 minutes late.

解説

「5分遅れそうです」を、for ...「……の間（ずっと）」と表現してしまいがち。

◆I'll be late (by) 5 minutes.

のように by ...（……だけ）を使うのは OK です。ですが、より自然な英語は、

◆I'll be 5 minutes late.

です。5 minutes late（5分遅れて）を1つの形容詞ととらえるのです。

会話例

A：Where are you?

（いまどこ？）

B：I'll be 5 minutes late. Sorry!

（5分遅れそう。ごめん！）

122 いまそっちに向かってます。

☞ ネイティブは3語で表現

日本人にありがちな英語

I'm heading there now.

ネイティブの短い英語

On my way.

解説

「これから出て、そっちへ向かいます」なら、

◆ I'm leaving here and heading there.

◆ I'm about to leave here and head there.

と言います。

「いまそっちに向かってます」なら、

◆ I'm heading there now.

◆ (I'm) On my way (there).

と言います。

会話例

A：On my way!

（いまそっちに向かってます！）

B：Drive safely!

（安全運転でね！）

123 どうしてて遅れたの？

☞ ネイティブは2語で表現

日本人にありがちな英語

Why are you so late?

ネイティブの短い英語

What happened?

解説

言い方にもよりますが、Why で始めると、「どうして遅れたんだ！」と相手をとがめている（accusatory）ように聞こえることがあります。

◆ What happened?（何があったの？）

このほうが、相手を気づかうニュアンスを感じさせます。あまり親しくない人や目上の人にも使えます。

会話例

A：Sorry I'm late.

（遅れてごめん）

B：What happened?

（どうしたの？）

A：I got lost.

（道に迷ったんだ）

124 地図で場所を確認しましょう。

☞ ネイティブは4語で表現

日本人にありがちな英語

I'll look at a map and find the place.

ネイティブの短い英語

I'll check the map.

解説

I'll look at a map and find the place. は完璧な英語ですが、ふつうネイティブはこういう言い方をしません。

◆I'll check the map.

こちらのほうが多用されているように思われます。

あるいはまた、もっと単純に

◆I have a map.（地図ならあります）

という言い方をします。

会話例

A：**Are we going the right way?**

（こっちの方向でいいの？）

B：**I'll check the map.**

（地図でチェックしてみる）

125 繁華街までは いくらかかりますか？

☞ネイティブは4語で表現

日本人にありがちな英語

How much does it cost to go downtown?

ネイティブの短い英語

How much to downtown?

解説

ネイティブは「Aまでいくら？」を、

◆How much to A?

と言います。

「1ドル50セントです」なら、

◆One dollar and fifty cents.

でもいいのですが、ネイティブはふつう、

◆One fifty.

と言っています。

会話例

A：How much to downtown?

（繁華街までいくらですか？）

B：It's one fifty.

（1ドル50セントです）

126 車でどれぐらいの時間がかかりますか？

☞ ネイティブは4語で表現

日本人にありがちな英語

How long will it take by car?

ネイティブの短い英語

How long by car?

解説

おそらく読者のみなさんは、It takes ＋時間＋ to *do.*（～するのに〈時間〉がかかる）という構文を知っているでしょう。How long will it take by car? は正しい英語ですが、ネイティブは will it take の部分を省略して、How long by car? と言ってしまいます。

◆ How long by bus?（バスでどれぐらいですか？）

◆ How long by subway?（地下鉄でどれぐらいですか？）

◆ How long on foot?（徒歩でどれぐらいですか？）

会話例

A：**How long by car?**

（車でどれぐらいの時間がかかりますか？）

B：**It'll take about 15 minutes.**

（15分ぐらいみておいてください）

127 バスかタクシー、どっちがいいですか？

☞ ネイティブは3語で表現

日本人にありがちな英語

Should we take the bus or a taxi?

ネイティブの短い英語

Bus or taxi?

解説

目的地へ行くにはバスを使ったらいいのか。それともタクシーのほうがいいのか。

◆Should we take the bus or a taxi?

これは自然な英語です。ただし、文脈上わかりきっている場合は、シンプルに

◆Bus or taxi?

でつうじます。

会話例

A：**Bus or taxi?**

（バスかタクシー、どっちがいいですか？）

B：**A taxi is faster, but the bus is cheaper.**

（タクシーのほうが速いですが、バスのほうが安いですね）

128 このバスはセントラル駅へ行きますか？

☞ ネイティブは3語で表現

日本人にありがちな英語

Does this bus stop at Central Station?

ネイティブの短い英語

To Central Station?

解説

日常会話は必要最低限の情報さえ口にできれば、たいてい伝わります。「このバスはセントラル駅へ行きますか？」は次のように短縮されます。

◆Is this bus going to Central Station?

→ Going to Central Station?

→ To Central Station?

会話例

A：**To Central Station?**

（セントラル駅へ行きますか？）

B：**No. You want the number 5.**

（いいえ。5番に乗ってください）

※**want**「必要とする」（**You want** ...は、相手が必要としているものを助言するときの言い方です）

129 東京タワーへやってください。

☞ ネイティブは4語で表現

日本人にありがちな英語

We're going to Tokyo Tower.

ネイティブの短い英語

To Tokyo Tower, please.

解説

　タクシーに乗ると行き先をたずねられます。

◆ Where are you going?（どこへ行きますか？）

◆ Where can I take you?（どこへお連れしましょうか？）

◆ What's your destination?（目的地は？）

◆ Where to?（どちらまで？）

　これらに対する応答表現は、〈To＋目的地〉と覚えましょう。

会話例

A：Where to?

（どちらまで？）

B：To J Tower, please.

（Ｊタワーへやってください）

130 このあたりで降ろしてください。

☞ ネイティブは2語で表現

日本人にありがちな英語

I'd like to get out here, please.

ネイティブの短い英語

Here's OK.

解説

タクシーに乗っていて、「このあたりで降ろしてください」と言ってみましょう。ネイティブはだいたい次のように言っています。

◆Drop me off here.（ここで降ろしてください）

◆Stop here, please.（ここで止めてください）

◆Here will do.（ここでけっこうです）

◆Right here.（ここでいいです）

◆Here's OK.（ここで大丈夫です）

会話例

A：**Here's OK.**

（ここで止めてください）

B：**OK.**

（わかりました）

131 (エレベーターに乗っていて)降りまーす!

☞ ネイティブは2語で表現

日本人にありがちな英語

I'm getting off here.

ネイティブの短い英語

Getting off!

解説

ここでは「エレベーター英語」を覚えましょう。

◆ Are you getting in?(乗りますか?)

◆ Wait for me, please!(乗ります!)

◆ Going up?(上ですか?)

◆ Going down?(下ですか?)

◆ Which floor?(何階ですか?)

◆ (I'm) Getting off!(降りまーす!)

◆ This is my floor.(降ります)

会話例

A:**Getting off!**

(降りまーす!)

B:**Oh, sorry.**

(ごめんなさい)

132 ここへ来たのは初めてです。

☞ ネイティブは5語で表現

日本人にありがちな英語

This is the first time I've come here.

ネイティブの短い英語

It's my first time here.

解説

「～したのは今回が初めてです」は、This is the first time I've *done*. という構文を用います。

◆ This is the first time I've come here.

ちょっと長いですが、自然な文です。次の2つは短く、ネイティブにとってはたいへんなじみのある表現です。

◆ It's my first time here.

◆ (I've) Never been here before.

(いままで来たことがない＝ここへ来たのは初めて)

会話例

A：First visit to Japan?

(日本は初めて？)

B：Yes. It's my first time here.

(ええ。初めてです)

133 すごい人だね。

☞ ネイティブは2語で表現

日本人にありがちな英語

There are so many people.

ネイティブの短い英語

It's crowded.

解説

観光地を訪れたあなたは、たくさんの人を目にして、「すごい人だなあ」とか「混んでるなあ」と声をあげます。そのときの表現がこれです。crowded は〔ク**ラ**ウディッド〕と発音します。

次のように言うこともあります。

◆It's packed.

packed は「ぎっしり入って」という意味の形容詞です。〔**パ**ァックト〕と読みます。

会話例

A：**It's crowded!**

（すごい人！）

B：**This place is very popular.**

（ここは人気があるんだね）

134 この席、どなたかいますか？

☞ ネイティブは3語で表現

日本人にありがちな英語

Is someone sitting here?

ネイティブの短い英語

Is this (seat) taken?

解説

劇場やカフェなどで席が空いているかどうかをたずねるときの表現です。Is someone sitting here?（ここは誰か座っていますか？）も自然な英語ですが、次のように短く言うこともできます。

◆Is this (seat) taken?

take は「（空間を）占める」という意味の動詞で、直訳すると、「この席は占有されていますか？」になります。

会話例

A：**Is this taken?**

（この席、どなたかいますか？）

B：**Yes, it's taken. Sorry.**

（ええ、います。ごめんなさい）

135 チケットはまだ買えますか？

☞ ネイティブは3語で表現

日本人にありがちな英語

Are there any tickets still available?

ネイティブの短い英語

Any tickets left?

解説

Are there any tickets still available? は完璧な英語です。available（入手できる）という形容詞が丁寧さをよりいっそうかもし出しています。

しかし、ネイティブは短く縮め、さらに available を left にして、

◆ Any tickets left?（チケット残ってる？）

と言ってしまいます。

会話例

A：**Any tickets left?**

（チケットまだ残ってます？）

B：**There are two seats left in the balcony.**

（バルコニー席に2席ございます）

136 1時間、いくらですか？

☞ ネイティブは4語で表現

日本人にありがちな英語

How much does it cost for one hour?

ネイティブの短い英語

How much an hour?

解説

時間単位の使用料金をたずねるときの表現です。

It costs + 金額 + to *do*.（～するのに〈金額〉がかかる）という構文をまず押さえましょう。

◆How much does it cost for one hour?

これでも立派な英語ですが、ネイティブは短く、

◆How much an hour?（1時間いくら？）

と言ってしまいます。

会話例

A：**How much an hour?**

（1時間、いくら？）

B：**It's 25 dollars.**

（25ドルです）

137 さあ、いよいよ始まるぞ！

☞ ネイティブは2語で表現

日本人にありがちな英語

It's about to start!

ネイティブの短い英語

It's showtime!

解説

待ちに待ったショー（催し・試合など）がいよいよ始まるというとき、ネイティブは次のようにつぶやきます。

◆It's about to start.（さあ、いよいよ始まるぞ）

※be about to *do*「今まさに〜するところだ」

◆It's showtime.（さあ、始まるぞ）

とりわけアメリカ人はshowtime（ショータイム）という言葉が大好きで、よく口にします。大谷翔平選手の活躍もあり、日本でもよく聞かれるようになりましたね。

会話例

A：**The lights are going down.**

（明かりが落ちてきたわ）

B：**It's showtime!**

（さあ、始まるぞ！）

138 もうワクワクしちゃう！

☞ ネイティブは3語で表現

日本人にありがちな英語

Ⓧ I'm really exciting about it!

ネイティブの短い英語

I'm so excited!

解説

日本人がやってしまいがちなのは、exciting（ワクワクさせる）という単語を使ってしまうこと。

◆ The game was exciting.（そのゲームには興奮した）

ならいいのですが、人が「ワクワクして」という場合は excited という形容詞を用いなくてはなりません。

excite という動詞は「楽しませる」という意味だと覚えておきましょう。

会話例

A：The concert is tonight!

（コンサートは今夜よ！）

B：I'm so excited!

（ワクワクしちゃうわ！）

139 ここで写真を撮ってもいいですか？

☞ ネイティブは3語で表現

日本人にありがちな英語

Are we allowed to take photos here?

ネイティブの短い英語

Are photos OK?

解説

Are we allowed to take photos here? は丁寧な英語表現です。

しかしながら、ここでもネイティブは短く、

◆Are photos OK?（写真いいですか？）

と言ってしまいます。もちろん、

◆Can I take pictures?（写真を撮ってもいい？）

とたずねても OK です。

会話例

A：**Are photos OK?**

（写真いいですか？）

B：**Sorry, you're not allowed to take photos here.**

（すみません。ここでの写真撮影は禁止です）

140 家からスマホ持ってくるの忘れちゃった。

☞ ネイティブは6語で表現

日本人にありがちな英語

I forgot to bring my phone with me.

ネイティブの短い英語

I left my phone at home.

解説

「スマホを持ってき忘れた」という場合、I forgot my phone. で OK ですが、「どこどこに忘れた」というように、場所をあらわす表現を伴う場合は、動詞を leave（置き忘れる）に変える必要があります。

◆I left my umbrella at the restaurant.
（レストランに傘を忘れちゃった）

会話例

A：**Can you google the address?**
（住所をググってくれる？）

B：**Sure. Oh no! I left my phone at home.**
（いいよ。まいったな！　家にスマホを忘れちゃった）

141 スマホの充電が切れちゃった。

☞ ネイティブは3語で表現

日本人にありがちな英語

My phone has no more battery.

ネイティブの短い英語

My phone's dead.

解説

携帯電話の充電が切れてしまったときに用いる表現です。My phone has no more battery. でも伝わるでしょうが、自然な英語ではありません。

「充電が（いままさに）切れそうだ」は、

◆ My phone's dying.

と言います。ここでの die は「死ぬ」ではなく、「(機能が) 停止する」です。その形容詞である “dead” は「(機能などが) 停止している」です。

会話例

A：Oh, no. My phone's dead!

（まいったなあ。ケータイの充電が切れてる！）

B：I have a charger.

（充電器ならあるよ）

142 疲れたので、ちょっと休憩したいのですが。

☞ ネイティブは4語で表現

日本人にありがちな英語

I'm tired and I want to take a break.

ネイティブの短い英語

I need a break.

解説

「疲れた」は言わずとも伝わりますので省略します。

会話における I need ... はたいへん便利なフレーズです。自分の願望するものを目的語のところに置いてみましょう。

◆I need a break.（休憩したい）

◆I need some sleep.（睡眠をとりたい）

◆I need more time.（もうちょっと時間がほしい）

◆I need your advice.（助言をいただきたい）

会話例

A：I need a break.

（ちょっと休みたいな）

B：OK. Let's stop here.

（じゃ、ここで休んでいこう）

143 最高の一日でした！

☞ ネイティブは3語で表現

日本人にありがちな英語

(?) Today was the greatest day I've ever had!

ネイティブの短い英語

Best day ever!

解説

「きょうは最高でした」を日本人は "Today was the greatest day I've ever had." と言ってしまいがち。文法的には正しくても、このように言うネイティブはまずいません。

◆Best day ever!（最高の一日だね！）

◆Today was awesome!（きょうはいい日だったね！）

このように言うのがふつうです。

会話例

A：**Today was awesome, wasn't it?**

（きょうはいい日でしたね）

B：**Best day ever!**

（最高の一日でした！）

COLUMN

パワースポットは英語でつうじる？

面白い現象があるものです。「パワースポット」は和製英語なのに、日本にいる外国人のあいだでは英語でもふつうに使われるようになったのです。

同じく和製英語の「コスプレ」（コスチュームプレイの略）は、今では cosplay としてオックスフォード英語辞典にも載る、れっきとした「英語」になっています。パワースポットも、いずれ英語辞典に載るかもしれませんね。少なくとも今は、日本の事情を知らない多くの外国人にはつうじない言葉です。

「ここはパワースポットです」を正しい英語で言うなら、

◆It's a spiritual place.（神聖なスポットです）

◆It's a mystical place.（神秘的なスポットです）

◆It's a sacred place.（聖なるスポットです）

といった表現になります。

A：Why do people come here?

（どうしてみんなここへ来るのですか？）

B：It's a spiritual place.

（神聖なスポットだからです）

CHAPTER 7

旅に出よう編

海外へ出かけるなら、飛行機に乗って、ホテルに泊まって……。ここでは「旅行英語」を見ていきましょう。

144 （空港で）荷物を2つ預けたいのですが。

☞ ネイティブは1語で表現

日本人にありがちな英語

I'd like to check two bags.

ネイティブの短い英語

(Just) Two (bags).

解説

荷物を機内に預ける場合は、個数を言って、引換証（baggage claim ticket）を受け取ります。このときよく使う単語が「（手荷物を）預ける」という意味の check という動詞です。そのあとは、保安検査場（security check）と出国審査（immigration）を経て、搭乗ゲート（boarding gate）に向かいます。そして搭乗案内（boarding announcement）があったら、いよいよ機内に乗り込みます。

会話例

A：How many bags are you checking?

（かばんはいくつお預けになりますか？）

B：Just two.

（2つです）

145 このバッグは機内に持ち込みたいのですが。

☞ ネイティブは4語で表現

日本人にありがちな英語

I'd like to carry this bag on the plane.

ネイティブの短い英語

This is my carry-on (bag).

解説

carry-on は「機内へ持ち込みの」という意味で、たいへん便利な形容詞です。名詞として扱うこともできるので、bag はなくても OK です。

さて、このあとは、保安検査場（security check）と出国審査（immigration）です。

会話例

A：Can I carry these on?
（これらを持ち込めますか？）

B：You can take one carry-on bag onto the plane.
（機内に持ち込める手荷物は1個だけです）

A：OK. This is my carry-on (bag).
（わかりました。これを機内に持ち込みます）

146 パソコンは取り出さなくてはいけませんか？

☞ ネイティブは3語で表現

日本人にありがちな英語

Do I have to remove my laptop?

ネイティブの短い英語

Remove my laptop?

解説

remove は「(モノを) 移動する／脱ぐ／取り外す」です。Do I have to は省略してしまいます。

セキュリティチェックに際しては、次のような質問や指示をされるので、あらかじめ押さえておきましょう。

◆ Please remove your laptop from your bag.
(かばんからパソコンを出してください)

◆ Please empty your pockets.
(ポケットを空にしてください)

会話例

A：Remove my laptop?
(パソコンは出さなくてはいけませんか？)

B：Yes. Put it on the conveyor, please.
(はい。コンベアに載せてください)

147 座席をお間違えではないですか？

☞ ネイティブは3語で表現

日本人にありがちな英語

I think you are sitting in the wrong seat.

ネイティブの短い英語

That's my seat.

解説

搭乗案内（boarding announcement）があったら、いよいよ機内に乗り込む時間です。自分の座席に行ってみると、誰かがすでに座っています。もう一度、搭乗券をたしかめてみると、たしかに自分の席です。そんなとき、みなさんは何と言いますか。英語では、That's my seat.（そこは私の席です）と短く言うのが一般的です。その場合、Excuse me.（すみません）をつけて、言うようにしましょう。でないと、ぶっきらぼうに聞こえます。

会話例

A：Excuse me. That's my seat.
（すみません。そこは私の席ですが）

B：Oh, it is. Sorry. I'll move.
（あ、そうですね。すみません。すぐに移動します）

148 もう1枚ブランケットをください。

☞ ネイティブは3語で表現

日本人にありがちな英語

Could I have another blanket, please?

ネイティブの短い英語

Another blanket, please.

解説

機内がちょっと寒い。ブランケット1枚では足らない。あなたはフライトアテンダントの呼び出しボタン（the flight attendant call button）を押します。

そして、Another blanket, please. と言ってみましょう。コーヒーのおかわりがほしい場合は、次のように言います。

◆ Another coffee, please.
（コーヒーをもう1杯ください）

会話例

A：**Do you need something?**
（はい、何かご入り用ですか？）

B：**Another blanket, please.**
（もう1枚ブランケットをください）

149 機内食はいつごろになりますか？

☞ ネイティブは3語で表現

日本人にありがちな英語

When will food be served in flight?

ネイティブの短い英語

When is lunch?

解説

機内食って英語で何と言うのだろう……。そう迷う前に、ただこのように聞けばいいのです。

もちろん、次のように言うこともできます。

◆ When is the meal?（食事の時間はいつですか？）

時計や空の明るさを見て、

◆ When is breakfast?（朝食はいつですか？）

◆ When is dinner?（夕食はいつですか？）

とたずねることもできます。

会話例

A：When is lunch?

（食事はいつですか？）

B：We'll serve lunch soon after takeoff.

（離陸したらすぐにご準備いたします）

150 チキンにしてください。

☞ ネイティブは2語で表現

日本人にありがちな英語

I'd like chicken, please.

ネイティブの短い英語

Chicken, please.

解説

「チキンと魚どちらにしますか？」とたずねられたとき、ネイティブは次の3つのフレーズで答えています。

◆ I'd like chicken, please.

◆ I'll have chicken, please.

◆ Chicken, please.

最後は直訳すると「チキン、お願い」ですが、英語ではぶっきらぼうには聞こえません。簡単なのでこれがおすすめです。

会話例

A：Would you like chicken or fish?

（チキンと魚、どちらになさいますか？）

B：Chicken, please.

（チキンにしてください）

151 いいえ、もう十分です。

☞ ネイティブは3語で表現

日本人にありがちな英語

No, I've had enough.

ネイティブの短い英語

No, thank you.

解説

フライトアテンダントに飲み物やデザートなどを勧められて、「いいえ、けっこうです」と断わるときは、Noとだけ言わずに、thank youという感謝の言葉を添えましょう。

No, I've had enough. と言ってもいいのですが、その場合もやはりthank youのひとことを添えたいものです。No, thank you. が簡潔かつ丁寧な表現と心得ましょう。

会話例

A：Would you like some more coffee?
（もう少しコーヒーはいかがですか？）

B：No, thank you.
（いいえ、けっこうです）

152 すみません。トイレに行きたいんですが。

☞ ネイティブは5語で表現

日本人にありがちな英語

(?) Sorry. I need to go to the lavatory.

ネイティブの短い英語

Sorry. Can I get up?

解説

窓際の席からトイレに立ちたい。そんなとき、ネイティブスピーカーは、通路側の席の人にこのように声をかけます。何も言わず通るのはたいへん失礼です。

get up（立ち上がる）のひとことを言えば、どんな目的なのかを言う必要はありません。

◆ Excuse me. Could you let me out?
（失礼。ちょっと出させてもらえますか？）

このように言うネイティブもいます。

会話例

A：Sorry. Can I get up?
（すみません。ちょっと出たいのですが）

B：Sure.
（どうぞ）

153 この飛行機は何時にホノルルに到着しますか？

☞ ネイティブは4語で表現

日本人にありがちな英語

What time will our plane arrive in Honolulu?

ネイティブの短い英語

What's the arrival time?

解説

飛行機の目的地はあらかじめ決まっています。したがって、わざわざ目的地を言う必要はありません。

the arrival time（到着時間）という表現を覚えておけばつうじます。あるいは次のように言いあらわすこともできます。

◆When do we arrive?（いつ到着しますか？）

◆Are we almost there?（もうすぐ着きますか？）

会話例

A：**What's the arrival time?**

（予定到着時間は何時ですか？）

B：**We're scheduled to arrive at 5:35 p.m.**

（午後5時35分の到着を予定しております）

154 観光で来ました。

☞ ネイティブは1語で表現

日本人にありがちな英語

I'm here for sightseeing.

ネイティブの短い英語

Sightseeing.

解説

飛行機が目的地に到着したら、入国審査場に向かいます。初めての旅行者は「いったい何を聞かれるの？」と不安になってしまいがちですが、心配することはありません。パスポートを提示し、入国（滞在）の目的を言えれば、ほぼ確実にOKです。そのほか、Business.（仕事です）とか、I'm an exchange student at the University of Hawaii.（ハワイ大学の交換留学生です）などの表現も参考になさってください。

会話例

A：What's the purpose of your visit?
（旅行の目的は何ですか？）

B：Sightseeing.
（観光です）

155 申告するものはありません。

☞ ネイティブは1語で表現

日本人にありがちな英語

I have nothing to declare.

ネイティブの短い英語

Nothing (to declare).

解説

税関（customs）検査はほぼ決まった流れで進みます。ここでは、よく使われるフレーズを並べておきます。

◆ Please open this bag.
（このかばんを開けてください）

◆ What are these?
（これらは何ですか？）

国によっては、たばこ・酒・現金など、持ち込み制限があるので注意してください。

会話例

A：Do you have anything to declare?
（何か申告するものはありますか？）

B：No. Nothing.
（いいえ。何もありません）

156 部屋のタオルが足りません。

☞ ネイティブは4語で表現

日本人にありがちな英語

There are not enough towels in my room.

ネイティブの短い英語

I need more towels.

解説

現代では「環境にやさしい」(environmentally friendly）が合言葉です。環境保全への配慮から、できるだけ消費を減らそうとする運動が世界的にさかんになっています。そこで、タオルの数を減じようとするホテルも増えてきました。

◆ More towels, please.

（もうちょっとタオルがほしいのですが）

このように言ってもOKです。

会話例

A：Front desk. What can I do for you?

（フロントです。ご用件をお伺いします）

B：I need more towels.

（タオルがもう少しほしいのですが）

157 部屋のエアコンが壊れているみたいなんですけど。

☞ ネイティブは4語で表現

日本人にありがちな英語

The air conditioner in my room seems broken.

ネイティブの短い英語

My A/C doesn't work.

解説

エアコンのことは air conditioner と言いますが、一般に短縮して A/C と呼んでいます（表記は A/C、AC ともに用いられています）。読み方はそのまま〔エイシィー〕です。エアコンとは言わないので注意しましょう。

work は「作動する／動く」という意味の動詞です。

◆ My key doesn't work.
（カードキーが反応しません）

会話例

A：Front desk. How can I help you?
（フロントです。どうかなさいましたか？）

B：My A/C doesn't work.
（エアコンが効かないんです）

158 302号室の人たちが騒がしいのですが。

☞ ネイティブは4語で表現

日本人にありがちな英語

The people in room 302 are too noisy.

ネイティブの短い英語

Room 302 is noisy.

解説

ここは人ではなく部屋を主語にしてしまいましょう。

さて、この「302」をどう読んだらいいでしょうか。〔three oh two〕と読みます。「0」は〔oh〕と発音するのです。〔three hundred two〕ではありません。

「725」は〔seven two five〕、「1915」は〔nineteen fifteen〕と読みます。

noisyは「騒がしい／やかましい」という意味の形容詞です。〔ノイジー〕ではなく、〔ノイズィ〕です。

会話例

A：What is the problem?

（どうなさいましたか？）

B：Room 302 is noisy.

（302号室が騒がしいのですが）

159 部屋にカギを置いたまま、ドアをロックしてしまいました。

☞ ネイティブは3語で表現

日本人にありがちな英語

I left my key in my room and shut the door.

ネイティブの短い英語

I'm locked out.

解説

こうしたとき、ネイティブは次のように言っています。

◆I locked myself out.

lock A out／lock out A は「(カギをかけて) Aを締め出す／Aをロックアウトする」という意味です。受動態にして、I'm locked out. とも言います。これもよく使われています。

会話例

A：What is the matter?

(どうしました？)

B：I'm locked out.

(インロックしちゃったんです)

160 どこかに部屋のカギをなくしてしまいました。

☞ ネイティブは5語で表現

日本人にありがちな英語

I don't know where the room key is.

ネイティブの短い英語

I lost my room key.

解説

「どこかにAをなくした」は、I lost A. でつうじます。「どこかに」を表現する必要もありません。また、現在も「ない」状態が続いているのだから、〈I've lost A.〉と言ってもいいのですが、アメリカ人は過去形で〈I lost A.〉と言っています。

ちなみに、「部屋番号を忘れてしまいました」は、

◆I forgot my room number.

と言います。

会話例

A：What is the matter?

（どうしました？）

B：I lost my room key.

（カギをなくしてしまいました）

161 パスポートが見つからない。

☞ ネイティブは4語で表現

日本人にありがちな英語

I can't find my passport.

ネイティブの短い英語

I lost my passport.

解説

現在形の「見つからない」を、過去形の「なくした」と考えれば短く表現できます。

自分の過失で「なくした」のではなく、「盗まれた」を含意する場合は、

◆My passport is gone!

（パスポートがなくなっている！）

と表現します。このgoneは「なくなって／失われて」という意味の形容詞です。

会話例

A：**I lost my passport.**

（パスポートをなくしました）

B：**Fill out this form.**

（この用紙にご記入ください）

162 チェックアウトは何時ですか？

☞ ネイティブは4語で表現

日本人にありがちな英語

ⓧ What time will be checkout?

ネイティブの短い英語

What time is checkout?

解説

ネイティブはだいたい次の3つの表現を使っています。

◆ What time do I have to check out?

◆ When is checkout time?

◆ What time is checkout (time)?

どれもよく使われていますが、日本人が覚えやすく、また発音もしやすいのはいちばん下でしょうね。チェックアウトするのは「未来」ですが、あらかじめ決まっているものに対しては現在形を用います。

会話例

A：**What time is checkout?**

（チェックアウトは何時ですか？）

B：**It's 10:00.**

（10時です）

163 （ホテルで）荷物を預かってくれますか？

☞ ネイティブは5語で表現

日本人にありがちな英語

Would you please hold my bags for me?

ネイティブの短い英語

Can I leave my bags?

解説

「荷物を預かってくれますか？」を伝える定番の表現には次のようなものがあります。

◆Would you please hold my bags for me?

※hold「（モノを）保管する」

「預かってもらう＝自分が置いていく」と考えれば、

◆Is there somewhere I can leave my bags?

◆Can I leave my bags (here)?

といった表現もありえます。

会話例

A：Can I leave my bags?

（荷物を預かってくれますか？）

B：Of course. What time will you pick them up?

（はい。何時に受け取りに来ますか？）

164 ここで両替できますか？

☞ ネイティブは4語で表現

日本人にありがちな英語

Is it possible to exchange money here?

ネイティブの短い英語

Can I change money?

解説

ホテルの「両替所」（money exchange counter）へ行って外貨両替をします。ここでは、「両替する」（change／exchange）という表現を覚えましょう。どちらを使ってもいいのですが、以下のような違いがあります。

◆change A to B「AをBに両替する」

◆exchange A for B「AをBと両替する」

会話例

A：Can I change money?

（両替できますか？）

B：Yen to dollars?

（円からドルへですか？）

A：Yes, ¥30,000, please.

（ええ、3万円お願いします）

165 私たちは日本から来ました。

☞ ネイティブは2語で表現

日本人にありがちな英語

We're from Japan.

ネイティブの短い英語

We're Japanese.

解説

たとえば、私の場合、自己紹介の際は、

◆ I'm from the US.

と言うこともあるし、

◆ I'm American.

と言うこともあります。どちらの言い方でも OK です。

また、「日本人です」という場合、I'm a Japanese. と "a" をつけて言ってしまう人を見かけますが、こうしたときは Japanese という形容詞を用います。

会話例

A：**I noticed you have an accent.**

（なまりがありますね）

B：**Yeah. We're Japanese.**

（ええ、私たちは日本人なんです）

166 どなたか日本語の話せる人はいますか？

☞ ネイティブは3語で表現

日本人にありがちな英語

Is there anyone here who can speak Japanese?

ネイティブの短い英語

Anyone speak Japanese?

解説

海外で困ったとき、問題解決の近道は英語も日本語もどちらも話せる人を見つけだすことです。そのときの便利な表現がこれです。もちろん、

◆Is there anyone here who can speak Japanese?

と言ってもいいのですが、短く、

◆(Does) Anyone speak Japanese?

とたずねることもできます。

会話例

A：Anyone speak Japanese?

（どなたか日本語を話せますか？）

B：Yes. I'll call a Japanese speaker. Please wait here.（ええ。話せる者を呼びますので、ここでお待ちください）

COLUMN

「トイレ」の呼び方あれこれ

日本語で「トイレ」と言えば、どこでもつうじますが、英語ではさまざまな「トイレ」の呼び方があります。

家庭のトイレは、風呂場とトイレが併設されているので“bathroom”と言っていますが、公共のトイレは“restroom”と呼ぶのが一般的です。

◆Excuse me, will you please tell me where the restroom is?

（すみませんが、トイレはどこですか？）

日本人の場合、「トイレはどこですか？」を Where is the toilet? とよく言っていますが、アメリカでこれを使うと、「便器（便所）はどこ？」というあからさまなニュアンスで伝わってしまい、たいへん下品に聞こえます（イギリスの家庭では“toilet”をよく使うようです）。

また、184ページでも出てきましたが、飛行機トイレをとくに lavatory（洗面所）と呼ぶことがあります。しかし、いまでは案内表示でしか見る機会はなくなりました。

CHAPTER 8

おもてなし編

家に友人を呼ぶとき、あるいは日本を訪れた外国人に応対するとき。「おもてなし」の気持ちを込めて！

167 人が多いほど、楽しくなります。

☞ ネイティブは4語で表現

日本人にありがちな英語

If there are more people, it will be more fun.

ネイティブの短い英語

The more, the merrier.

解説

パーティに参加してもよいかとたずねられたとき、「大歓迎です。人が多いほうが楽しいですから」と応じます。英語では、次のような定番表現があります。

◆ The more, the merrier.

これは The more people there are, the merrier the party will be. の短縮表現です。〈The ＋比較級〜, the ＋比較級…〉は「〜するほど、より…になる」という意味の構文です。決まり文句として覚えてください。

会話例

A：Can I go to the party, too?

（私もそのパーティに行ってもいい？）

B：Of course. The more, the merrier.

（もちろん。多ければ多いほど、楽しくなるからね）

168 どうぞくつろいでください。

☞ ネイティブは4語で表現

日本人にありがちな英語

Feel free to make yourself comfortable.

ネイティブの短い英語

Make yourself at home.

解説

来客に「どうぞくつろいでください」と言うとき、ネイティブは、

◆(Please) Make yourself comfortable.

◆(Please) Make yourself at home.

と声をかけます。どちらもよく使います。comfortable（心地よく感じる）は〔**カ**ンファタボゥ〕と発音します。〔カ〕のところにストレス（強勢）を置きます。

会話例

A：What a nice place you have!

（素敵なお宅ね！）

B：Thanks. Make yourself at home.

（ありがとう。くつろいでくださいね）

169 何か飲む？

☞ ネイティブは3語で表現

日本人にありがちな英語

Would you like something to drink?

ネイティブの短い英語

Something to drink?

解説

来客に飲み物をすすめるときの表現です。

◆ Would you care for something to drink?

◆ Would you like something to drink?

どちらも完璧な英語です。しかも丁寧な言いまわしです。ですが、友人には、カジュアルな感じで、

◆ (Do you want) Something to drink?

とたずねます。このように前半部を省略してしまうのです。

会話例

A：Something to drink?

（何か飲む？）

B：No, thanks. I'm fine.

（いいえ、けっこう。ありがとう）

170 どうぞ召しあがってください。

☞ ネイティブは2語で表現

日本人にありがちな英語

You can have anything you like.

ネイティブの短い英語

Help yourself.

解説

家に招いたお客さんに、食べ物や飲み物をすすめて、「どうぞ召しあがってください」というときの言いまわしです。

◆Go ahead.（さあ、どうぞ）

◆Have some.（召しあがって）

◆Help yourself.（ご自由にどうぞ）

※help oneself「自由に取って食べる／勝手に飲む」

ネイティブはどれもよく使っています。

会話例

A：Those cookies look good!

（おいしそうなクッキーね！）

B：Help yourself!

（どうぞ召しあがってください！）

171 (物を差し出して)はい、どうぞ。

☞ネイティブは1語で表現

日本人にありがちな英語

Here you are.

ネイティブの短い英語

Here.

解説

物を差し出して、「はい、どうぞ/これ、どうぞ」にあたる表現には、

◆Here you are./Here you go./Here it is.

などがありますが、

◆Here.

の1語だけで十分伝わります。

会話例

A：**Are you on LINE?**（LINEやってる？）

B：**Yes.**（やってる）

A：**Show me your QR code.**（QRコードを見せて）

B：**OK. Here.**（うん。これ）

172 連れていってあげます。

☞ ネイティブは3語で表現

日本人にありがちな英語

I'll show you the way.

ネイティブの短い英語

Just follow me.

解説

目的地が少々わかりづらいところにある。そうしたとき、口で説明するより、連れていったほうが早いことがあります。そのようなとき、ネイティブスピーカーは、

◆I'll show you the way.（案内します）

◆Let me take you there.（連れていってあげます）

と言います。

◆Just follow me.（ついてきてください）

このように発想することもあります。

会話例

A：Where are the restrooms?

（トイレはどこ？）

B：Just follow me.

（こっちだよ）

173 またこうして集まって遊べたらいいね。

☞ ネイティブは4語で表現

日本人にありがちな英語

Let's get together and do this again sometime.

ネイティブの短い英語

Let's do this again (sometime).

解説

なにか楽しいことがあったとき、「またこうして集まって、ワイワイできたらいいね」とか、「またやろうね」と言ったりしますね。そんなとき、ネイティブは、

◆ Let's do this again sometime.

◆ Let's do this again soon.

◆ Let's do this again.

などと言って、楽しく過ごせた時間を喜び合います。

会話例

A：**I had a great time tonight.**

（今夜はほんとうに楽しかったです）

B：**Me, too. Let's do this again.**

（僕も。またやろうね）

174 車で送ろうか？

☞ ネイティブは3語で表現

日本人にありがちな英語

Do you want me to drive you there?

ネイティブの短い英語

Need a lift?

解説

「車で送ろうか？」を、ネイティブはまず間違いなく、

◆ Need a lift[ride]?

◆ Want a lift[ride]?

と上げ調子で言います。本来は頭に入るはずの Do you を省略してしまうのです。

lift も ride も、「車に乗せること」という意味をもった名詞です。

会話例

A：**Need a ride?**

（車で送ろうか？）

B：**No, thanks.**

（いいえ、けっこうです）

175 どっちの方向へ行けばいいですか？

☞ ネイティブは2語で表現

日本人にありがちな英語

Which direction should I go in to get there?

ネイティブの短い英語

Which direction?

解説

　目的地がどちらの方向にあるのかをたずねる表現です。Which direction should I go in to get there? は正しい英文ですが、目的地がすでにわかっている場合は次のように言うのがふつうです。

◆ Which direction?（どっちの方角？）

　いずれにしても、direction という単語を覚えなくてはなりません。〔ディ**レ**クシュン〕もしくは〔ダイ**レ**クシュン〕と発音します。

会話例

A：**Which direction?**

（どっちの方向ですか？）

B：Go that way.

（あっちへ行ってください）

176 どうして日本へ来たのですか？

☞ ネイティブは5語で表現

日本人にありがちな英語

Why did you come to Japan?

ネイティブの短い英語

What brings you to Japan?

解説

日本を訪れた外国人とのコミュニケーション。「どうして日本に来たのですか？」と聞くときの表現です。

◆ Why did you come to Japan?

◆ What did you come to Japan for?

いずれも正しい文です。しかしながら、より自然な表現は次のものです。

◆ What brings you to Japan?

※bring A to B「AをBに連れて来る」

会話例

A：**What brings you to Japan?**

（どうして日本にいらしたのですか？）

B：**I'm here on business.**

（仕事で来ました）

177 こちらへはご旅行ですか？

☞ ネイティブは2語で表現

日本人にありがちな英語

(×) Are you traveling here?

ネイティブの短い英語

On vacation?

解説

「こちらへはご旅行ですか？」の定番フレーズは、

◆ Are you just visiting?

◆ Just visiting?

◆ Are you on vacation?

◆ On vacation?

などです。Are you traveling here? は文法的には正しい英文なのですが、たいへん不自然に聞こえます。

会話例

A：This is my first time to Tokyo.

（東京は初めてなんです）

B：Just visiting?

（こちらへはご旅行ですか？）

178 日本は初めてですか？

☞ ネイティブは4語で表現

日本人にありがちな英語

Is this your first visit to Japan?

ネイティブの短い英語

First time in Japan?

解説

「日本は初めてですか？」は、

◆(Is this your) First visit to Japan?

◆(Is this your) First time in Japan?

などと表現します。

日本を「ここ」に置き換えて、

◆(Have you) Ever been here before?

（ここへは来たことがあるのですか？）

とたずねても OK です。

会話例

A：**First time in Japan?**

（日本は初めてなの？）

B：**No. I've been here many times.**

（いいや。もう何度も来ているよ）

179 日本の感想は？

☞ ネイティブは5語で表現

日本人にありがちな英語

(?) Tell me your impressions of Japan.

ネイティブの短い英語

How do you like Japan?

解説

Tell me your impressions of Japan. は文法的に正しい英文ですが、「日本の印象を述べてください」と命じているように聞こえます。

こうしたとき、ネイティブは、

◆ How do you like Japan?

と軽くたずねます。国や町の印象を聞くときの便利なフレーズです。

会話例

A：How do you like Japan?
（日本はどう？）

B：I love it! Everyone is so nice, and it's so clean!
（最高！　みんないい人ばかりだし、とってもきれいですね！）

180 金沢はどうでした？

☞ ネイティブは3語で表現

日本人にありがちな英語

(×) How did you feel about Kanazawa?

ネイティブの短い英語

How was Kanazawa?

解説

「金沢へ行ってきた」という人に、「金沢はどうでしたか？」とその印象を聞いてみましょう。

◆How was Kanazawa?

How was A? は、A（国や町）へ行ってきた人にその印象をたずねるときの表現です。

How did you feel about A? は、「A についてどんな感情を持った？／A に関してはどういう意見ですか？」なので、こうした場合に用いることはありません。

会話例

A：How was Kanazawa?

（金沢はいかがでした？）

B：Great! I hope I can go back there soon.

（よかった！　すぐにでもまた戻りたいよ）

181 北海道を楽しんでいますか？

☞ ネイティブは4語で表現

日本人にありがちな英語

ⓧ Are you enjoying in Hokkaido?

ネイティブの短い英語

Having fun in Hokkaido?

解説

旅行者に観光地を楽しんでいるかどうかを聞きたい。そんなときのフレーズです。かならず進行形でたずねるようにしましょう。

◆(Are you) Having fun in Hokkaido?

なお、“enjoy” は他動詞なので、

◆(Are you) Enjoying yourself in Hokkaido?

◆(Are you) Enjoying your time in Hokkaido?

とすれば正しい文になります。

会話例

A：Having fun in Hokkaido?

（北海道を楽しんでる？）

B：Yes! It's been great so far!

（もちろん！　満喫しています！）

182 日本語がお上手ですね。

☞ ネイティブは4語で表現

日本人にありがちな英語

You can speak Japanese very fluently.

ネイティブの短い英語

Your Japanese is great.

解説

相手の日本語を褒《ほ》めてあげましょう。日本人の場合、You can speak Japanese very fluently.（たいへん流暢に日本語をしゃべることができますね）と言いがちですが、何やら「上から目線」で評価をくだしているように聞こえます。シンプルに

◆ Your Japanese is great[good].

◆ Your Japanese is amazing.

などと言うことをおすすめします。

会話例

A：**Your Japanese is great!**

（日本語がお上手ね！）

B：**It should be. I've lived here for 20 years.**

（まあね。20年もいるからね）

183 そこでしたら、この道沿いにありますよ。

☞ ネイティブは4語で表現

日本人にありがちな英語

Keep going straight, and it's on this road.

ネイティブの短い英語

It's down the street.

解説

Keep going straight, and it's on this road.（このまま真っすぐ行けば、それは道沿いにあります）と言ってもいいのですが、ネイティブは短く、

◆It's down the street.

と表現します。be down the street（通り沿いにある）はよく使われる便利な表現です。この down は「下」ではなく、「沿って」です。話し手または話題の中心から離れることや、指差した方向を示しています。

会話例

A：**Where is the bus stop?**

（バス停はどこですか？）

B：**It's down the street.**

（この道沿いにありますよ）

184 そこでしたら、歩いていけますよ。

☞ ネイティブは4語で表現

日本人にありがちな英語

You can get there on foot.

ネイティブの短い英語

You can walk there.

解説

どちらの表現もネイティブにはなじみがあるものです。ですが、私の実感を言うと、日本人の場合、You can get there on foot. を使う人が圧倒的に多い。on foot（徒歩で）という表現を使いたがるのです。ここでは、walk（歩いていく）という動詞を用いて言いあらわす表現を覚えましょう。

◆ It's walkable.（歩いていける距離です）

このように言うこともあります。

会話例

A：Is it very far?

（かなり遠い？）

B：No. You can walk there.

（いいえ。そこだったら、歩いていけますよ）

185 旅を満喫してくださいね！

☞ ネイティブは2語で表現

日本人にありがちな英語

Have fun on your trip!

ネイティブの短い英語

Have fun!

解説

これから楽しいことをやろうとしている人、たとえば旅行に出かける人に向かっては、Have fun on your trip!（旅を楽しんでね！）と声をかけます。しかし、わかりきっている状況では、on your trip を省略するのがふつうです。また、楽しくないところへ向かう人、たとえば、これから先生に叱責を受けにいく友だち、プレゼンテーションの場へと向かう同僚などにユーモアを込めて使われることもあります。

会話例

A：**Bye! I'll be back in a week!**

（じゃあね。1週間後に戻る！）

B：**Have fun!**

（楽しんでね！）

186 旅を楽しんで！

☞ ネイティブは3語で表現

日本人にありがちな英語

☒ I hope you enjoy!

ネイティブの短い英語

Enjoy your trip!

解説

Have fun! と同じように使える、別れ際の定番のフレーズです。

fun よりも enjoy のほうが、日本人のみなさんにはなじみ深いのではないでしょうか。

しかしながら、enjoy は他動詞なので、後ろには原則、目的語をおくということを覚えておいてください。Enjoy yourself!（楽しんでね！）という表現も OK です。

会話例

A：Bye! Enjoy your trip!

（じゃあね！　旅をエンジョイしてね！）

B：You, too. See you!

（あなたもね。またね！）

著者略歴

キャサリン・A・クラフト（Kathryn A. Craft）

アメリカ・ミシガン州生まれ。オハイオ州で育つ。ボーリング・グリーン州立大（BGSU）卒。南山大学の交換留学生として来日。現在、英語月刊誌『ET PEOPLE!』（https://www.et-people.com/）を発行するかたわら、通訳、翻訳家としても活躍。子どもから大人まで幅広い年齢層への英語指導、和英辞典の執筆、英語教科書および参考書の作成にも携わる。元名古屋市立大学（NCU）講師。現在、河合塾英語科講師。『NHKラジオ英会話』のコラムも執筆。おもな著書に『日本人が言えそうで言えない英語表現650』（青春新書）、『朝から晩までつぶやく英語表現200』『日本人の９割が間違える英語表現100』（以上、ちくま新書）、『世界と話そう！ おもてなし英語』（王様文庫）など多数。

里中哲彦（さとなか・てつひこ）

河合文化教育研究所研究員。著書に『そもそも英語ってなに？』（現代書館）、『英語ミステイクの底力』（プレイス）、『英文法の魅力』（中公新書）、編訳書にジョナサン・グリーン『名言なんか蹴っとばせ』（現代書館）、『アフォリズムの底力』（プレイス）など。

SB新書　610

日本人《にほんじん》が思《おも》いつかない
3語《ご》で言《い》える英語表現《えいごひょうげん》186

2023年3月15日　初版第1刷発行

著　　者　キャサリン・A・クラフト、里中哲彦《さとなかてつひこ》（編訳）
発 行 者　小川 淳
発 行 所　SBクリエイティブ株式会社
〒106-0032　東京都港区六本木2-4-5
電話：03-5549-1201（営業部）

装　　丁　杉山健太郎
本文デザイン D T P　株式会社ローヤル企画
校　　正　株式会社鷗来堂
編　　集　北 堅太（SBクリエイティブ）
印刷・製本　大日本印刷株式会社

本書をお読みになったご意見・ご感想を下記URL、
または左記QRコードよりお寄せください。
https://isbn2.sbcr.jp/17127/

ISBN 978-4-8156-1712-7